Luis Fernando Verissimo

INFORME DO PLANETA AZUL
E OUTRAS HISTÓRIAS

, pá, pá, Og e Mog, Futebol de rua, Peça infantil, Do
himura, Aptidão, A espada, Ela, O monstro, A bola, Na
etido, Meias, A pobre Bel, Desesperado, o poeta, A co
outro e outros, O que ela mal sabia, Aparece lá em casa,
Torre de Babel, O casamento, Paixão própria, Tecnolo
troça, Informe do Planeta Azul, Pá, pá, pá, Og e Mog,
egalo e o paranoico, Critério, Ishimura, Aptidão, A esp
orta, A volta (I), A volta (II), Metido, Meias, A pobre B
na Dolores, Minhas férias, O outro e outros, O que
úcho, Pneu furado, O lançamento do Torre de Babel, C
bô, Conteúdo dos bolsos, O poder e a troça, Informe d
o livro de anotações do dr. Stein, O megalo e o paranoi
a fila, Terror, Sfot poc, Solidários na porta, A volta (I),
nversa, O estranho procedimento de dona Dolores, M
sa, Alívio, O analista de Bagé, Ser gaúcho, Pneu furad
cnologia, Citações, Ri, Gervásio, O robô, Conteúdo d
g e Mog, Futebol de rua, Peça infantil, Do livro de an
otidão, A espada, Ela, O monstro, A bola, Na fila, Terr
eias, A pobre Bel, Desesperado, o poeta, A conversa, O
utros, O que ela mal sabia, Aparece lá em casa, Alívio, O
Babel, O casamento, Paixão própria, Tecnologia, Citaç
forme do Planeta Azul, Pá, pá, pá, Og e Mog, Futebol
paranoico, Critério, Ishimura, Aptidão, A espada, Ela,
lta (I), A volta (II), Metido, Meias, A pobre Bel, Des
na Dolores, Minhas férias, O outro e outros, O que ela
agé, Ser gaúcho, Pneu furado, O lançamento do Torre
itações, Ri, Gervásio, O robô, Conteúdo dos bolsos, C
utebol de rua, Peça infantil, Do livro de anotações do
pada, Ela, O monstro, A bola, Na fila, Terror, Sfot poc, S
el, Desesperado, o poeta, A conversa, O estranho proce

Luis Fernando Verissimo

INFORME DO PLANETA AZUL E OUTRAS HISTÓRIAS

BOA COMPANHIA

Copyright © 2018 by Luis Fernando Verissimo

Grafia atualizada segundo o Acordo Ortográfico da Língua Portuguesa de 1990, que entrou em vigor no Brasil em 2009.

Capa e projeto gráfico Retina 78

Revisão Carmen T. S. Costa e Luciane Helena Gomide

Os personagens e as situações desta obra são reais apenas no universo da ficção; não se referem a pessoas e fatos concretos, e não emitem opinião sobre eles.

Dados Internacionais de Catalogação na Publicação (CIP)
(Câmara Brasileira do Livro, SP, Brasil)

Verissimo, Luis Fernando
Informe do Planeta Azul e outras histórias / Luis Fernando Verissimo. — 1ª ed. — São Paulo : Boa Companhia, 2018.

ISBN 978-85-65771-15-3

1. Contos brasileiros I. Título.

18-13109   CDD-869.3

Índice para catálogo sistemático:
1. Contos : Literatura brasileira   869.3

2ª reimpressão

[2021]
Todos os direitos desta edição reservados à
EDITORA SCHWARCZ S.A.
Rua Bandeira Paulista, 702, cj. 32
04532-002 — São Paulo — SP
Telefone: (11) 3707-3500
www.companhiadasletras.com.br
www.blogdacompanhia.com.br
facebook.com/companhiadasletras
instagram.com/companhiadasletras
twitter.com/cialetras

Sumário

APRESENTAÇÃO
7   O gênio da vida privada

9   Pá, pá, pá
13 Og e Mog
16 Futebol de rua
20 Peça infantil
24 Do livro de anotações do dr. Stein
28 O megalo e o paranoico
32 Critério
35 Ishimura
39 Aptidão
42 A espada
45 Ela
49 O monstro
50 A bola
52 Na fila
55 Terror
58 Sfot poc
62 Solidários na porta
64 A volta (i)
67 A volta (ii)
70 Metido
73 Meias

75	A pobre Bel
77	Desesperado, o poeta
79	A conversa
82	O estranho procedimento de dona Dolores
86	Minhas férias
88	O outro e outros
92	O que ela mal sabia
94	Aparece lá em casa
96	Alívio
98	O analista de Bagé
100	Ser gaúcho
103	Pneu furado
104	O lançamento do Torre de Babel
108	O casamento
116	Paixão própria
120	Tecnologia
123	Citações
126	Ri, Gervásio
130	O robô
133	Conteúdo dos bolsos
138	O poder e a troça
140	Informe do Planeta Azul
144	Créditos dos textos

O GÊNIO DA VIDA PRIVADA

Filho de um craque da literatura — Erico Verissimo, autor de *Ana Terra* e *O tempo e o vento*, entre outros clássicos —, Luis Fernando Verissimo tem muitos talentos. Além de exímio escritor, é apaixonado por jazz, toca saxofone e ainda é ótimo desenhista. Se você não conhece esse lado dele, procure as tirinhas das Cobras ou da Família Brasil. Elas são exemplos perfeitos desse casamento entre texto e imagem que ele sabe fazer tão bem. A capacidade de concisão e o humor — com eventuais mergulhos mais profundos — são as principais marcas de sua vasta obra, que inclui centenas de contos e crônicas, além de romances, poemas e quadrinhos.

Em *Informe do Planeta Azul* reunimos textos de diversas fases da trajetória de Verissimo, alguns deles publicados há mais de trinta anos e, em alguns casos, nunca mais republicados. As temáticas e personagens são muito variadas, refletindo o amplo espectro criativo de seu autor, passando pelas cenas mais cotidianas até situações que beiram o absurdo, como a da mulher que, na sala de espera do consultório do dentista, lê sobre sua própria vida numa revista. Trechos do diário do dr. Frankenstein, a história do japonês que não sabia que a Segunda Guerra Mundial tinha terminado e a estranha neurose de dona Dolores são apenas algumas das incríveis histórias que você encontrará neste livro.

Unanimidade, sucesso incontestável de crítica e público, e um de nossos escritores mais queridos, Luis Fernando Verissimo é mesmo uma boa companhia.

PÁ, PÁ, PÁ

A americana estava há pouco tempo no Brasil. Queria aprender o português depressa, por isso prestava muita atenção em tudo que os outros diziam. Era daquelas americanas que prestam muita atenção. Achava curioso, por exemplo, o "pois é". Volta e meia, quando falava com brasileiros, ouvia o "pois é". Era uma maneira tipicamente brasileira de não ficar quieto e ao mesmo tempo não dizer nada. Quando não sabia o que dizer, ou sabia mas tinha preguiça, o brasileiro dizia "pois é". Ela não aguentava mais o "pois é". Também tinha dificuldade com o "pois sim" e o "pois não". Uma vez quis saber se podia me perguntar uma coisa.

— Pois não — disse eu, polidamente.

— É exatamente isso! O que quer dizer "pois não"?

— Bom. Você me perguntou se podia fazer uma pergunta. Eu disse "Pois não". Quer dizer "pode, esteja à vontade, estou ouvindo, estou às suas ordens...".

— Em outras palavras, quer dizer "sim".

— É.

— Então por que não se diz "pois sim"?

— Porque "pois sim" quer dizer "não".

— O quê?!

— Se você disser alguma coisa que não é verdade, com a qual eu não concordo, ou acho difícil de acreditar, eu digo "pois sim".

— Que significa "pois não"?

— Sim. Isto é, não. Porque "pois não" significa "sim".

— Por quê?

— Porque o "pois", no caso, dá o sentido contrário, entende? Quando se diz "pois não", está-se dizendo que seria impossível, no caso, dizer "não". Seria inconcebível dizer "não". Eu dizer não? Aqui, ó.

— Onde?

— Nada. Esquece. Já "pois sim" quer dizer "ora, sim!". "Ora, se eu vou aceitar isso." "Ora, não me faça rir. Rá, rá, rá."

— "Pois" quer dizer "ora"?

— Ahn... Mais ou menos.

— Que língua!

Eu quase disse: E vocês, que escrevem "tough" e dizem "tâf", mas me contive. Afinal, as intenções dela eram boas. Queria aprender. Ela insistiu:

— Seria mais fácil não dizer o "pois".

Eu já estava com preguiça.

— Pois é.

— Não me diz "pois é"!

Mas o que ela não entendia mesmo era o "pá, pá, pá".

— Qual o significado exato de "pá, pá, pá"?

— Como é?

— "Pá, pá, pá".

— "Pá" é pá. "Shovel". Aquele negócio que a gente pega assim e...

— "Pá" eu sei o que é. Mas "pá" três vezes?

— Onde foi que você ouviu isso?

— É a coisa que eu mais ouço. Quando brasileiro começa a contar história, sempre entra o "pá, pá, pá".

Como que para ilustrar nossa conversa, chegou-se a nós, providencialmente, outro brasileiro. E um brasileiro com história:

— Eu estava ali agora mesmo, tomando um cafezinho, quando chega o Túlio. Conversa vai, conversa vem e coisa e tal e pá, pá, pá...

Eu e a americana nos entreolhamos.

— Funciona como reticências — sugeri eu. — Significa, na verdade, três pontinhos. "Ponto, ponto, ponto."

— Mas por que "pá" e não "pó"? Ou "pi" ou "pu"? Ou "et cetera"?

Me controlei para não dizer "E o problema dos negros nos Estados Unidos?".

Ela continuou:

— E por que tem que ser três vezes?

— Por causa do ritmo. "Pá, pá, pá." Só "pá, pá" não dá.

— E por que "pá"?

— Porque sei lá — disse, didaticamente.

O outro continuava sua história. História de brasileiro não se interrompe facilmente.

— E aí o Túlio veio com uma lenga-lenga que vou te contar. Porque pá, pá, pá...

— É uma expressão utilitária — intervi. — Substitui várias palavras (no caso, toda a estranha história do Túlio, que levaria muito tempo para contar) por apenas três. É um símbolo de garrulice vazia, que não merece ser reproduzida. São palavras que...

— Mas não são palavras. São só barulhos. "Pá, pá, pá."

— Pois é — disse eu.

Ela foi embora, com a cabeça alta. Obviamente desistira dos brasileiros. Eu fui para o outro lado. Deixamos o amigo do Túlio papeando sozinho.

OG E MOG

O fogo, como se sabe, foi descoberto por Og, um troglodita. Isso faz anos. Og imediatamente associou-se a Ug, que inventara a roda e não sabia o que fazer com ela, e os dois inventaram a primeira carrocinha de cachorro-quente.

Como era a única que tinha fogo, a tribo de Og passou a dominar todas as outras. Escravizava pela intimidação:

— Trabalha, senão eu boto fogo na tua tanga.

Ou pelo comércio, trocando o fogo por tudo que as outras tribos pudessem oferecer. As tribos vinham de longe com suas peles e contas e trocavam por uma tocha acesa e a recomendação de não esbanjarem o fogo. Claro que a tocha acesa não durava muito e as tribos eram obrigadas a voltar para buscar outras. E nesse vaivém ainda paravam para comer na carrocinha, a Og's.

Não é preciso dizer que o balanço de pagamento da tribo de Og era sempre favorável, enquanto as outras tribos empobreciam.

Og não contava para ninguém o segredo do fogo. Se alguém insistisse em saber, Og dizia:

— Você pode se queimar. Ou então incendiar a floresta. Esqueça.

Quando era necessário fazer fogo, Og retirava-se para sua caverna com duas pedras — que ele chamava de Know e de How — e um pouco de palha seca e dali a minutos voltava com fogo para vender. E não vendia barato.

— Tem fogo aí?

— O que é que você dá em troca?

— Tem esta caixinha que eu inventei que transforma a luz do sol em energia, só precisa ajustar um pouco e...

— Não interessa. Sua invenção não tem futuro.

Isto tudo, claro, na linguagem da época, que incluía grunhidos, latidos e golpes na cabeça.

Um dia, um espião da tribo de Mog, que vivia do outro lado do vale, conseguiu entrar na caverna de Og sem ser visto e descobriu como Og fazia o fogo. No dia seguinte, quando passava um olhar triunfante pelos seus domínios, que iam de horizonte a horizonte, Og teve um sobressalto. Da caverna de Mog, do outro lado do vale, saía um fio de fumaça. Og já não tinha mais o monopólio do fogo.

Og e Mog eram inimigos. Og até já pensara em ir à tribo de Mog e queimar tudo, preventivamente. E agora não podia mais fazer isso. Se fosse até a tribo de Mog queimar tudo, a tribo de Mog viria até a tribo de Og e queimaria tudo também. O jeito era parlamentar.

Og e Mog marcaram um encontro no meio do vale. Cada um foi acompanhado de todos os seus guerreiros, que portavam tochas acesas, embora fosse dia e fizesse muito calor. Og e Mog cumprimentaram-se, um dando na cabeça do outro com um fêmur de mamute. Mais tarde, já restabelecidos mas ainda no chão, os dois combinaram. Daqui para lá é tudo meu. Daqui para lá é tudo seu.

E ninguém mais, além de nós, pode ter o fogo.

Trocaram pontapés para selar o acordo e voltaram para suas tribos. Ficara acertado que só tribos responsáveis, como as suas, podiam ter o fogo. Isso apesar de Mog ter sacrificado vários membros da sua própria tribo para ter o fogo (o espião enxergara mal, pensava que era preciso bater um *crânio* contra outro para fazer faísca) e de Og ter sido o primeiro a arrasar uma floresta inteira só para testar o poder do seu fogo. Na tribo de Og havia um troglodita loiro, chamado Krup, conhecido pelo seu prazer em derrubar mulheres e estuprar árvores. E Krup tinha acesso irrestrito ao fogo.

Mas Og e Mog não quiseram nem saber. Tribos responsáveis eram as que tinham descoberto o fogo primeiro. Irresponsáveis eram todas as outras.

E a tal caixinha que transformava a luz solar em energia? Foi abandonada. Não tinha futuro.

FUTEBOL DE RUA

Pelada é o futebol de campinho, de terreno baldio. Mas existe um tipo de futebol ainda mais rudimentar do que a *pelada*. É o futebol de rua. Perto do futebol de rua qualquer *pelada* é luxo e qualquer terreno baldio é o Maracanã em jogo noturno. Se você é homem, brasileiro e criado em cidade, sabe do que eu estou falando. Futebol de rua é tão humilde que chama *pelada* de senhora.

Não sei se alguém, algum dia, por farra ou nostalgia botou num papel as regras do futebol de rua. Elas seriam mais ou menos assim: DA BOLA — A bola pode ser qualquer coisa remotamente esférica. Até uma bola de futebol serve. No desespero, usa-se qualquer coisa que role, como uma pedra, uma lata vazia ou a merendeira do seu irmão menor, que sairá correndo para se queixar em casa. No caso de se usar uma pedra, lata ou outro objeto contundente, recomenda-se jogar de sapatos. De preferência os novos, do colégio. Quem jogar descalço deve cuidar para chutar sempre com aquela unha do dedão que estava precisando ser aparada mesmo. Também é permitido o uso de frutas ou legumes em vez de bola, recomendando-se nestes casos a laranja, a maçã, o chuchu e a pera.

Desaconselha-se o uso de tomates, melancias e, claro, ovos. O abacaxi pode ser utilizado, mas aí ninguém quer ficar no gol.

DAS GOLEIRAS — As goleiras podem ser feitas com, literalmente, o que estiver à mão. Tijolos, paralelepípedos. Camisas emboladas, os livros da escola, a merendeira do seu irmão menor e até o seu irmão menor, apesar dos seus protestos. Quando o jogo é importante recomenda-se o uso de latas de lixo. Cheias, para aguentarem o impacto. A distância regulamentar entre uma goleira e outra dependerá de discussão prévia entre os jogadores. Às vezes essa discussão demora tanto que quando a distância fica acertada está na hora de ir jantar. Lata de lixo virada é meio gol.

DO CAMPO — O campo pode ser só até o fio da calçada, calçada e rua, calçada, rua e a calçada do outro lado e — nos clássicos — o quarteirão inteiro. O mais comum é jogar-se só no meio da rua.

DA DURAÇÃO DO JOGO — Até a mãe chamar ou escurecer, o que vier primeiro. Nos jogos noturnos, até alguém da vizinhança ameaçar chamar a polícia.

DA FORMAÇÃO DOS TIMES — O número de jogadores em cada equipe varia de um a setenta para cada lado. Algumas convenções devem ser respeitadas. Ruim vai para o gol. Perneta joga na ponta, à esquerda ou à direita, dependendo da perna que faltar. De óculos é meia-armador, para evitar os choques. Gordo é beque.

DO JUIZ — Não tem juiz.

DAS INTERRUPÇÕES — No futebol de rua, a partida só pode ser paralisada numa destas eventualidades:

a) Se a bola for para baixo de um carro estacionado e ninguém conseguir tirá-la. Mande o seu irmão menor.

b) Se a bola entrar por uma janela. Neste caso os jogadores devem esperar não mais de dez minutos pela devolução voluntária da bola. Se isto não ocorrer, os jogadores devem designar voluntários para bater na porta da casa ou apartamento e solicitar a devolução. Primeiro com bons modos e depois com ameaças de depredação. Se o apartamento ou casa for de militar reformado com cachorro deve-se providenciar outra bola. Se a janela atravessada pela bola estiver com o vidro fechado na ocasião, os dois times devem reunir-se rapidamente para deliberar o que fazer. A alguns quarteirões de distância.

c) Quando passarem pela calçada:

1) Pessoas idosas ou com defeitos físicos.

2) Senhoras grávidas ou com crianças de colo.

3) Aquele mulherão do 701 que nunca usa sutiã.

Se o jogo estiver empatado em 20 a 20 e quase no fim esta regra pode ser ignorada e se alguém estiver no caminho do time atacante, azar. Ninguém mandou invadir o campo.

d) Quando passarem veículos pesados pela rua. De ônibus para cima. Bicicletas e Volkswagen, por exemplo, podem ser chutados junto com a bola e se entrar é gol.

DAS SUBSTITUIÇÕES — Só são permitidas substituições:

1) No caso de um jogador ser carregado para casa pela orelha para fazer a lição.

2) Em caso de atropelamento.

DO INTERVALO PARA DESCANSO — Você deve estar brincando.

DA TÁTICA — Joga-se o futebol de rua mais ou menos como o Futebol de Verdade (que é como, na rua, com reverência, chamam a *pelada*), mas com algumas importantes variações. O goleiro só é intocável dentro da sua casa, para onde fugiu gritando por socorro. É permitido entrar na área adversária tabelando com uma Kombi. Se a bola dobrar a esquina é corner.

DAS PENALIDADES — A única falta prevista nas regras do futebol de rua é atirar um adversário dentro do bueiro. É considerada atitude antiesportiva e punida com tiro indireto.

DA JUSTIÇA ESPORTIVA — Os casos de litígio serão resolvidos no tapa.

PEÇA INFANTIL

A professora começa a se arrepender de ter concordado ("Você é a única que tem temperamento para isto") em dirigir a peça quando uma das fadinhas anuncia que precisa fazer xixi. É como um sinal. Todas as fadinhas decidem que precisam, urgentemente, fazer xixi.

— Está bem, mas só as fadinhas — diz a professora. — E uma de cada vez!

Mas as fadinhas vão em bando para o banheiro.

— Uma de cada vez! Uma de cada vez! E você, aonde é que pensa que vai?

— Ao banheiro.

— Não vai não.

— Mas tia...

— Em primeiro lugar, o banheiro já está cheio. Em segundo lugar você não é fadinha, é caçador. Volte para o seu lugar.

Um pirata chega atrasado e com a notícia de que sua mãe não conseguiu terminar a capa. Serve uma toalha?

— Não. Você vai ser o único de capa branca. É melhor tirar o tapa-olho e ficar de anão. Vai ser um pouco engraçado, oito anões, mas tudo bem. Por que você está chorando?

— Eu não quero ser anão.

— Então fica de lavrador.

— Posso ficar com o tapa-olho?

— Pode. Um lavrador de tapa-olho. Tudo bem.

— Tia, onde é que eu fico?

É uma margarida.

— Você fica ali.

A professora se dá conta de que as margaridas estão desorganizadas.

— Atenção, margaridas! Todas ali. Você não. Você é coelhinho.

— Mas o meu nome é Margarida.

— Não interessa! Desculpe, a tia não quis gritar com você. Atenção, coelhinhos. Todos comigo. Margaridas ali, coelhinhos aqui.

— Lavradores daquele lado, árvores atrás. Árvore, tira o dedo do nariz. Onde é que estão as fadinhas? Que xixi mais demorado.

— Eu vou chamar.

— Fique onde está, lavrador. Uma das margaridas vai chamá-las.

— Já vou.

— Você não, Margarida! Você é coelhinho. Uma das margaridas. Você. Vá chamar as fadinhas. Piratas, fiquem quietos.

— Tia, o que é que eu sou? Eu esqueci o que eu sou.

— Você é o Sol. Fica ali que depois a tia... Piratas, por favor!

As fadinhas começam a voltar. Com problemas. Muitas se enredaram nos seus véus e não conseguem arrumá-los. Ajudam-se mutuamente, mas no seu nervosismo só pioram a confusão.

— Borboletas, ajudem aqui — pede a professora.

Mas as borboletas não ouvem. As borboletas estão etéreas. As borboletas fazem poses, fazem esvoaçar seus próprios véus e não ligam para o mundo. A professora, com a ajuda de um coelhinho amigo, de uma árvore e de um camponês, desembaraça os véus das fadinhas.

— Piratas, parem. O próximo que der um pontapé vai ser anão.

Desastre: quebrou uma ponta da Lua.

— Como é que você conseguiu isso? — pergunta a professora sorrindo, sentindo que o seu sorriso deve parecer demente.

— Foi ela!

A acusada é uma camponesa gorda que gosta de distribuir tapas entre os seus inferiores.

— Não tem remédio. Tira isso da cabeça e fica com os anões.

— E a minha frase?

A professora tinha esquecido. A Lua tem uma fala.

— Quem diz a frase da Lua é, deixa ver... O relógio.

— Quem?

— O relógio. Cadê o relógio?

— Ele não veio.

— O quê?

— Está com caxumba.

— Ai, meu Deus. Sol, você vai ter que falar pela Lua. Sol, está me ouvindo?

— Eu?

— Você, sim senhor. Você é o Sol. Você sabe a fala da Lua?

— Me deu uma dor de barriga.

— Essa não é a frase da Lua.

— Me deu mesmo, tia. Tenho que ir embora.

— Está bem, está bem. Quem diz a frase da Lua é você.

— Mas eu sou caçador.

— Eu sei que você é caçador! Mas diz a frase da Lua! E não quero discussão!

— Mas eu não sei a frase da Lua.

— Piratas, parem!

— Piratas, parem. Certo.

— Eu não estava falando com você. Piratas, de uma vez por todas...

A camponesa gorda resolve tomar a justiça nas mãos e dá um croque num pirata. A classe é unida e avança contra a camponesa, que recua, derrubando uma árvore. As borboletas esvoaçam. Os coelhinhos estão em polvorosa. A professora grita:

— Parem! Parem! A cortina vai abrir. Todos a seus lugares. Vai começar!

— Mas, tia, e a frase da Lua?

— "Boa noite, Sol."

— Boa noite.

— Eu não estou falando com você!

— Eu não sou mais o Sol?

— É. Mas eu estava dizendo a frase da Lua. "Boa noite, Sol."

— Boa noite, Sol. Boa noite, Sol. Não vou esquecer. Boa noite, Sol...

— Atenção, todo mundo! Piratas e anões nos bastidores. Quem fizer um barulho antes de entrar em cena, eu esgoelo. Coelhinhos nos seus lugares. Árvores para trás. Fadinhas, aqui. Borboletas, esperem a deixa. Margaridas, no chão.

Todos se preparam.

— Você não, Margarida! Você é coelhinho!

Abre o pano.

DO LIVRO DE ANOTAÇÕES DO DR. STEIN

30/1, sábado — Aproxima-se o grande dia. Sei que vou conseguir! Só me falta uma boa perna esquerda. Neste momento meu assistente Igor está arrombando o necrotério de onde trará a perna que preciso para completar minha Criatura. Depois disso, o triunfo!

31/1, domingo — Igor trouxe um braço direito. Disse que estava escuro e ele estava com pressa de sair de lá. Sempre os mesmos miseráveis erros humanos. Mas quando minha Criatura estiver pronta e viva, não precisarei mais tolerar os erros dos outros. Igor será dispensado. Frau Berta, a cozinheira, também. Frau Berta e seus malditos ensopados. Iech! Minha Criatura será perfeita e me obedecerá cegamente. Com ela eu terei força, terei poder, terei prestígio, terei costeletas quando eu pedir costeletas. Igor anunciou que vai subornar o coveiro de novo. Já gastei uma fortuna subornando coveiros. Desconfio que Igor está levando comissão. Faço qualquer coisa por uma perna esquerda.

3/2, quarta — Ensopado de novo no almoço. E eu pedi frango assado.

4/2, quinta — Nada de perna esquerda. Mas não posso me queixar. Tenho o principal. O maior; o mais bem-dotado; o mais bem conservado cérebro que um cientista louco poderia desejar. Com um cérebro assim, a sua força e os meus ensinamentos, minha Criatura será imbatível! Estranho o cérebro estar numa lata de lixo daquele jeito...

6/2, sábado — Mal posso esperar o dia em que apresentarei a minha Criatura ao mundo. Meus colegas cientistas terão que engolir o riso com que receberam a notícia da minha última experiência, o transplante de amígdalas. Minha Criatura assombrará a comunidade científica. O prêmio Nobel não está fora de cogitação. Nem um artigo no *Reader's Digest*! Mas nada disto será possível sem uma perna esquerda.

8/2, segunda — Estive examinando a Criatura. É empolgante saber que aquela enorme massa inerte só espera a faísca vital — a faísca que eu, seu criador, providenciarei — para erguer-se, andar, falar, tudo sob o meu comando. Ela será a primeira de uma série de super-homens que herdarão o mundo. Homens reciclados, à prova de falhas e de doenças, livres para sempre da maior angústia da humanidade, que é a de decidir os seus próprios destinos. Eles serão comandados pela ciência. Não farão o que querem, mas o que é necessário. O mundo estará liberto para sempre do livre-arbítrio.

9/2, terça — Más notícias. Mandei Igor cobrar do coveiro a perna esquerda e o coveiro disse que a entregou aqui, há dois dias. Na porta da cozinha, para Frau Berta. Eu bem que notei um gosto estranho no ensopado, aquele dia...

11/2, quinta — Igor recusa-se a voltar ao necrotério. Sua insolência torna-se intolerável. Hoje me apareceu com uma perna esquerda mas trouxe o resto do corpo junto, era o do leiteiro, que gritava muito para Igor colocá-lo de volta no chão. Deus sabe o que pode ter pensado o pobre homem. Igor anda bebendo meu formol.

12/2, sexta — Igor sugeriu que a Criatura ficasse com uma perna só e andasse de muletas. Ridículo! Discutimos. Ele ameaçou contar para toda a cidade quem assaltou a Sala de Anatomia da Escola de Medicina e roubou um sistema gástrico e duas nádegas. Receio que terei de tomar providências. A ciência compreenderá.

13/2, sábado — Está tudo pronto! A perna esquerda de Igor serviu na Criatura como uma luva, se é que cabe o termo. Livrei--me do resto do corpo antes que Frau Berta o visse. Igor vivo era intragável, que dirá ensopado. Está chegando o grande momento. O segundo Gênese! Descansarei amanhã e segunda-feira darei vida à Criatura.

15/2, segunda — Hoje é o grande dia. Mal consigo segurar a pena, de tanta emoção. À noite voltarei a fazer anotações.

Algo está errado. Com a descarga elétrica, a Criatura teve um espasmo, começou a respirar, abriu os olhos — um azul e outro cinza, se Igor estivesse vivo eu o matava! —, virou a cabeça e me encarou. Piscou, eu até diria com um certo coquetismo, e voltou a olhar para o teto. Eu falei: "Levanta-te e anda" e ele não deu qualquer sinal de ter ouvido. Repeti: "Levanta-te e anda" e, como ele continuasse em silêncio, acrescentei: "Ou pelo menos me responde". Aí ele voltou a olhar para mim, com um gesto rápido da cabeça, e disse: "E eu te conheço, por acaso?". Sua voz é fina, a sua dicção sibilante...

16/2, terça — Minhas piores suspeitas se confirmam. A Criatura não me obedece. É indolente e cheia de caprichos. Fica deitada na mesa do laboratório até tarde e depois passa horas no banho cantando em falsete. Hoje tentei ser enérgico. Gritei: "Eu sou seu criador. Obedeça!" e ela revirou os olhos e disse: "Eu, hein?". Onde foi que eu errei?

18/2, quinta — Reformulei os planos de apresentar minha Criatura ao mundo. Chegamos a um acordo. Ela substituirá Frau Berta no trabalho doméstico e na cozinha em troca de hospedagem, uma mesada e todas as fotonovelas que quiser enquanto eu trabalho na minha nova experiência. Estou pensando em algo menos grandioso, desta vez. Um relógio cuco que, em vez de passarinho, tem um caçador que sai e dá um tiro, por exemplo.

23/2, terça — Jason — ele mesmo escolheu o nome — revelou-se um assombro na cozinha, apesar de preguiçoso. Eu não preciso mandar, ele mesmo inventa pratos diferentes diariamente. Faz o que quer, e eu não posso me queixar. Certamente não depois das *quenelles* do jantar de hoje. Se ao menos ele perdesse a mania de ir e vir da cozinha dando saltos de balé... Com seu tamanho e peso, está desmontando a casa.

O MEGALO E O PARANOICO

O Paranoico chega em casa apressado.

— Temos que fazer as malas, depressa.

— Por quê? — Quer saber a mulher, assustada.

— Li nos jornais que o governo vai agir com rigor contra a sonegação. Temos que sair da cidade.

— E ir para onde?

— Não sei, depois a gente vê. Vamos, depressa! A qualquer minuto batem na porta.

— Mas...

— Reúna as crianças e desligue a geladeira.

— Mas eu não sabia que você sonegava.

— Eu, sonegar? Eu não sonego nada. Não sonego nem informação. Aliás, volta e meia vou à delegacia, por minha própria vontade, só para informar que não fiz nada. No caso de eles estarem pensando que eu fiz alguma coisa.

— Mas então por quê...

— Cadê aquela mala grande? Por que o quê?

— Se você não é sonegador, por que fugir?

— É mesmo!

Nisso, batem na porta. O Paranoico se abraça na mulher, apavorado.

— Nesse caso, o que será que eles querem comigo?

O Megalomaníaco chega ao estádio um pouco atrasado. Ainda está subindo a rampa quando um time entra em campo. Ouvindo os gritos da multidão, o Megalo se pergunta:

— Ué, como é que eles sabem que eu estou chegando?

O Paranoico viaja num ônibus lotado.

— Um passinho à frente, por favor — pede o cobrador para os que estão de pé.

— Por que eu? Por que eu?

O Megalo chega em casa no fim do noticiário da TV. Fingindo indiferença, pergunta:

— Alguma notícia sobre mim?

Mandam chamar o Paranoico na escola do seu filho. A professora quer falar com ele. O Paranoico já chega na ofensiva.

— Por que estão perseguindo o garoto? É contra mim, eu sei. Mas ele não tem culpa. O que foi que ele fez?

— Não, não. Ele não fez nada. Ele nos contou que o senhor comentou em casa que não entende nada da matemática moderna e...

— Meu próprio filho! Um delator!

— Por favor. Nós estamos oferecendo aos pais dos alunos uma orientação sobre a nova matemática, para poderem ajudar seus filhos a...

— Eu não preciso de orientação. Sei a tabuada de cor. Me pergunte qualquer coisa. Pergunte.

— Na matemática moderna não é mais importante saber a tabuada de cor.

— Eu sabia. Eu sabia! Tive um trabalhão para aprender a tabuada de cor e foi só eu sair da escola, mudaram tudo. Levei anos para aprender a pontuação correta das palavras e olha aí, mudaram a ortografia. Depois dizem que não é perseguição. É perseguição! É tudo contra mim!

O Megalomaníaco recebe um telefonema. Quem atende é sua mulher.

— É para você. De Brasília.

— Antes de atender, precisamos decidir uma coisa.

— O quê?

— Se for um convite para ser o *tertius*...

— O quê?!

— O *tertius*. Um terceiro candidato à presidência. O candidato da conciliação nacional. Aceito ou não? Você sabe, teríamos que morar em Brasília...

— Primeiro atenda o telefonema.

— Alô? Quem? Ah, como vai a senhora, tia Zuza? Não, eu pensei que fosse outra pessoa. Tudo bem aí em Brasília? Me diga uma coisa: algum boato sobre a minha candidatura?

* * *

O Paranoico vai consultar um médico, depois de muita insistência da sua mulher.

— Eu não sei por que estou aqui, doutor. Não tenho nada. Minha mulher diz que eu tenho mania de perseguição. Todos dizem isso. Eu não sei o que eles têm contra mim.

— Pode ser uma forma de paranoia que...

— O senhor também, doutor!

O Megalomaníaco também concorda em ir a um psicanalista.

— Deite-se naquele divã.

— Espere um pouquinho, o consultório é meu e o psicanalista sou eu!

Um dia o Paranoico e o Megalomaníaco se encontraram.

— Até Deus está contra mim.

— Eu?!

O Paranoico só fala no telefone tapando o bocal com um lenço. Para disfarçar a voz.

— Podem estar gravando.

— Mas você ligou para saber a hora certa!

— Nunca se sabe.

CRITÉRIO

Os náufragos de um transatlântico, dentro de um barco salva-vidas perdido em alto-mar, tinham comido as últimas bolachas e contemplavam a antropofagia como único meio de sobrevivência.

— Mulheres primeiro — propôs um cavalheiro.

A proposta foi rebatida com veemência pelas mulheres. Mas estava posta a questão: que critério usar para decidir quem seria sacrificado primeiro para que os outros não morressem de fome?

— Primeiro os mais velhos — sugeriu um jovem.

Os mais velhos imediatamente se uniram num protesto. Falta de respeito!

— É mesmo — disse um —, somos difíceis de mastigar.

Por que não os mais jovens, sempre tão dispostos aos gestos nobres?

— Somos, teoricamente, os que têm mais tempo para viver — disse um jovem.

— E vocês precisarão da nossa força nos remos e dos nossos olhos para avistar a terra — disse outro.

Então os mais gordos e apetitosos...

— Injustiça! — gritou um gordo. — Temos mais calorias acumuladas e, portanto, mais probabilidade de sobreviver de forma natural do que os outros.

Os mais magros?

— Nem pensem nisso — disse um magro, em nome dos demais. — Somos pouco nutritivos.

— Os mais contemplativos e líricos?

— E quem entreterá vocês com histórias e versos enquanto o salvamento não chega? — perguntou um poeta.

Os mais metafísicos?

— Não esqueçam que só nós temos um canal aberto para lá — disse um metafísico, apontando para o alto — e que pode se tornar vital, se nada mais der certo.

Era um dilema.

É preciso dizer que esta discussão se dava num canto do barco salva-vidas, ocupado pelo pequeno grupo de passageiros de primeira classe do transatlântico, sob os olhares dos passageiros de segunda e terceira classes, que ocupavam todo o resto da embarcação e não diziam nada. Até que um deles perdeu a paciência e, já que a fome era grande, inquiriu:

— Cumé?

Recebeu olhares de censura da primeira classe. Mas como estavam todos, literalmente, no mesmo barco, também recebeu uma explicação.

— Estamos indecisos sobre que critério utilizar.

— Pois eu tenho um critério — disse o passageiro de segunda.

— Qual é?

— Primeiro os indecisos.

Esta proposta causou um rebuliço na primeira classe acuada. Um dos seus teóricos levantou-se e pediu:

— Não vamos ideologizar a questão, pessoal!

Em seguida levantou-se um ajudante de maquinista e pediu calma. Queria falar.

— Náufragas e náufragos — começou. — Neste barco só existe uma divisão real, e é a única que conta quando a situação chega a este ponto. Não é entre velhos e jovens, gordos e magros, poetas e atletas, crentes e ateus... É entre minoria e maioria.

E, apontando para a primeira classe, gritou:

— Vamos comer a minoria!

Novo rebuliço. Protestos. Revanchismo, não! Mas a maioria avançou sobre a minoria. A primeira não era primeira em tudo? Pois seria a primeira no sacrifício.

Não podiam comer toda a primeira classe, indiscriminadamente, no entanto. Ainda precisava haver critérios. Foi quando se lembraram de chamar o Natalino. O chefe da cozinha do transatlântico.

E o Natalino pôs-se a examinar as provisões, apenando uma perna aqui, uma costela ali, com a empáfia de quem sabia que era o único indispensável a bordo.

O fim desta pequena história admonitória é que, com toda a agitação, o barco salva-vidas virou e todos, sem distinção de classes, foram devorados pelos tubarões. Que, como se sabe, não têm nenhum critério.

ISHIMURA

Foi descoberto outro japonês que ainda não sabia do fim da Segunda Guerra Mundial e continuava em luta contra os Aliados. Ishimura Tanaka mora na Tijuca, onde abriu uma frutaria para acobertar sua verdadeira atividade como espião das forças imperiais japonesas no Brasil. Só agora, com sua prisão acidental, Ishimura ficou sabendo que a guerra acabou há trinta e cinco anos. Sua reação, ao receber a notícia, foi de incredulidade. Ainda desconfiado de que tudo não passava de um truque do inimigo para conseguir os seus códigos de rádio, Ishimura quis saber:

— Qual foi o resultado?

— O Japão perdeu.

Ishimura rapidamente tentou o *harakiri* com uma esferográfica, mas não conseguiu. Depois deu de ombros e aceitou a derrota. Ou fingiu que aceitava.

— É impossível que o senhor não ficasse sabendo do fim da guerra, sr. Ishimura. Os outros, perdidos no meio da selva, vá lá. Mas o senhor aqui na civilização, lendo jornais...

— Só leio a *Luta* e ela não deu nada.

— Como é que o senhor chegou ao Brasil?

— Submarino me deixou na costa em barco de borracha. Barco de borracha virou. Tive que nadar. Perto da praia, quase me afoguei. Rádio nas costas, pesado. Felizmente era Copacabana e um salva-vidas foi me buscar.

— E ele não desconfiou de nada?

— Pensou que quase se afogando em marola só podia ser turista.

— E não estranhou o rádio nas costas?

— Achou normal. Naquele tempo não existia radinho transistor.

— E aí?

— Meu treinamento para sobrevivência na selva me salvou a vida. Muitas vezes colhi água da chuva com folha de bananeira para não morrer de sede.

— O senhor foi morar na selva em Copacabana?

— Não, em apartamento. Nunca tinha água.

— Continue.

— Decidi que precisava ir mais para o interior. Ali, na costa, muito americano. Muito perto Copacabana Palace. Perigoso. E os preços! Botei rádio nas costas, camuflagem, e saí. Foi difícil. Muito difícil.

— Sei, sei. O senhor precisava cuidar para não ser descoberto. Rastejar. Só se movimentar à noite...

— Não, é que ainda não existia Túnel Novo. Tive que fazer grande volta de bonde.

— Finalmente, chegou à Tijuca.

— Cheguei à Tijuca, abri negócio, casei. Nem minha mulher Raimunda sabia que eu era espião. Achou estranho quando eu botei nome nos filhos de Tojo e Hiroito.

— Qual era, exatamente, a sua missão no Brasil?

— Observador naval. Eu devia informar esquadra japonesa sobre todos movimentos inimigos na costa do Rio. Escolhi lugar bem alto e instalei transmissor. Todos os dias subia lá e ficava olhando. Quando negócios da frutaria melhoraram, comprei binóculo.

— O senhor escalava a montanha para o seu posto de observação todos os dias?

— Não, ia de bondinho mesmo.

— E o senhor continua fazendo isto, sr. Ishimura?

— Depois de dez, quinze anos, cansei. Hoje tem menino que vai pra mim.

— E o senhor, pelo seu rádio, não acompanhava o desenrolar da guerra? Não estranhava quando as suas transmissões não eram respondidas?

— Não. Quando rádio do Almirantado Imperial começou a transmitir resultados do beisebol nos Estados Unidos, pensei que tivesse mudado código.

— E a sua família?

— Vai bem, obrigado.

— Não. Quero dizer, nunca desconfiou de nada?

— Uma vez primeiro neto, Valdeci, chegou em casa com camiseta americana e eu briguei muito, chamei de traidor, quase perdi cabeça. Mulher até perguntou: "Qual é?". Depois Valdeci formou conjunto de rock, The American's, e eu não pude fazer nada. Penúltimo neto se chama Stevie, veja só.

— E o último neto?

— Carpegiani Tanaka. Lá em casa tudo Flamengo.

— O que é que o senhor tem feito como espião, ultimamente?

— Olha, frutaria hoje me ocupa todo o tempo. Estou pensando abrir mais uma ou duas. Mas não esqueci meu juramento de soldado. Sempre que esquadra americana ou inglesa chega no porto eu vou lá e faço cara feia. Às vezes também faço sabotagem. Aliás, foi por isso que me prenderam.

— Por quê?

— Entrei no City Bank e rasguei todos talões de depósito.

— Bom, mas agora que tudo está esclarecido o senhor certamente será solto. Pode entregar o seu rádio, o seu livro de códigos...

Mas Ishimura tirou um livrinho, amarelecido pelo tempo do bolso e engoliu ligeiro. Por via das dúvidas, os códigos não.

APTIDÃO

Abre a porta. Entra o sr. Pacheco.

— Bom dia, sr. Pacheco. Sente-se, por favor. Temos uma ótima notícia para o senhor.

— Sim, senhor.

— Como o senhor sabe, sr. Pacheco, contratamos uma firma de psicomputocratas para fazer testes de aptidão nos dez mil empregados desta firma. Precisamos nos atualizar. Acompanhar os tempos.

— Sim, senhor.

— Os dez mil testes foram submetidos a um computador, há dois minutos, e os resultados estão aqui. O senhor é o primeiro a ser chamado porque o computador nos forneceu os resultados em rigorosa ordem alfabética.

— Mas o meu nome começa com P.

— Hum, sim, deixa ver. Pacheco. Sim, sim. Deve ser por ordem alfabética do primeiro nome, então. Este computador é de quarta geração, nunca erra. Como é seu primeiro nome?

— Xisto.

— Bom, isso não tem importância. Vamos adiante. Vejo aqui pela sua ficha que o senhor está conosco há vinte e oito anos, seu Pacheco. Sempre na seção de entorte de fresos. O senhor nunca faltou ao serviço, nunca tirou férias, e já recebeu nosso prêmio de produção, o Alfinete de Alumínio, dezessete vezes.

— Sim, senhor.

— O senhor começou na seção de entorte de fresos como faxineiro, depois passou a assistente de entortador, depois entortador e hoje é o chefe de entorte.

— Sim, senhor.

— Então diga uma coisa, sr. Acheco...

— Pacheco.

— Sr. Pacheco. O senhor nunca se sentiu atraído para outra função, além do entorte de fresos? Nunca achou que entortar não era bem sua vocação?

— Sim, senhor.

— O senhor é um bistocador de tronas nato, segundo o computador. Não é fantástico? E ainda tem gente crítica que critica a tecnologia. O senhor era um homem deslocado no entorte de fresos e não sabia. Se não fosse o teste nunca ficaria sabendo. Claro que essa situação vai ser corrigida. O senhor, a partir deste minuto, deixa de entortar.

— Sim, senhor.

— Quanto o senhor ganha conosco, sr. Pacheco, depois de vinte e oito anos? Mil, mil e duzentos?

— Quinhentos, não contando os alfinetes.

— Pois, sim. E sabe quanto ganha um iniciante no bistoque de tronas? Mil e quinhentos! Não é fantástico?

— Sim, senhor.

— Só tem uma coisa, sr. Pacheco. Nossa firma não trabalha com trona. Pensando bem, ninguém trabalha com tronas, hoje em dia.

— Olha, tanto faz. Não é mesmo? Eu estou perfeitamente satisfeito no entorte, falta só vinte anos pra me aposentar e...

— Sr. Pacheco, então a firma gasta um dinheirão para descobrir a sua verdadeira vocação e o senhor quer jogá-la fora? Reconheço que o senhor tem sido um chefe de entorte perfeito. Aliás, o computador não descobriu ninguém com aptidão para o entorte. Vai ser um problema substituí-lo. Mas não podemos contestar a tecnologia. O senhor está despedido. Por favor, mande entrar o seguinte, por ordem alfabética, o sr. Roque Lins. Passe bem.

— Sim, senhor.

Sai o sr. Pacheco. Fecha a porta.

A ESPADA

Uma família de classe média alta. Pai, mulher, um filho de sete anos. É a noite do dia em que o filho fez sete anos. A mãe recolhe os detritos da festa. O pai ajuda o filho a guardar os presentes que ganhou dos amigos. Nota que o filho está quieto e sério, mas pensa: "É o cansaço". Afinal ele passou o dia correndo de um lado para o outro, comendo cachorro-quente e sorvete, brincando com os convidados por dentro e por fora da casa. Tem que estar cansado.

— Quanto presente, hein, filho?

— É.

— E esta espada. Mas que beleza. Esta eu não tinha visto.

— Pai...

— E como pesa! Parece uma espada de verdade. É de metal mesmo. Quem foi que deu?

— Era sobre isso que eu queria falar com você.

O pai estranha a seriedade do filho. Nunca o viu assim. Nunca viu nenhum garoto de sete anos sério assim. Solene assim. Coisa estranha... O filho tira a espada da mão do pai. Diz:

— Pai, eu sou Thunder Boy.

— Thunder Boy?

— Garoto Trovão.

— Muito bem, meu filho. Agora vamos pra cama.

— Espere. Esta espada. Estava escrito. Eu a receberia quando fizesse sete anos.

O pai se controla para não rir. Pelo menos a leitura de história em quadrinhos está ajudando a gramática do guri. "Eu a receberia..." O guri continua.

— Hoje ela veio. É um sinal. Devo assumir meu destino. A espada passa a um novo Thunder Boy a cada geração. Tem sido assim desde que ela caiu do céu, no vale sagrado de Bem Tael, há sete mil anos, e foi empunhada por Ramil, o primeiro Garoto Trovão.

O pai está impressionado. Não reconhece a voz do filho. E a gravidade do seu olhar. Está decidido. Vai cortar as histórias em quadrinhos por uns tempos.

— Certo, filho. Mas agora vamos...

— Vou ter que sair de casa. Quero que você explique à mamãe. Vai ser duro para ela. Conto com você para apoiá-la. Diga que estava escrito. Era meu destino.

— Nós nunca mais vamos ver você? — pergunta o pai, resolvendo entrar no jogo do filho enquanto o encaminha, sutilmente, para a cama.

— Claro que sim. A espada do Thunder Boy está a serviço do bem e da justiça. Enquanto vocês forem pessoas boas e justas poderão contar com a minha ajuda.

— Ainda bem — diz o pai.

E não diz mais nada. Porque vê o filho dirigir-se para a janela do seu quarto, e erguer a espada como uma cruz, e gritar para os céus "Ramil!". E ouve um trovão que faz estremecer a casa. E vê a espada iluminar-se e ficar azul. E o seu filho também.

O pai encontra a mulher na sala. Ela diz:

— Viu só? Trovoada. Vá entender este tempo.

— Quem foi que deu a espada para ele?

— Não foi você? Pensei que tinha sido você.

— Tenho uma coisa pra te contar.

— O que é?

— Senta, primeiro.

ELA

— Ainda me lembro do dia em que ela chegou em casa. Tão pequenininha! Foi uma festa. Botamos num quartinho dos fundos. Nosso filho — naquele tempo só tínhamos o mais velho — ficou maravilhado com ela. Era um custo tirá-lo da frente dela para ir dormir.

— Combinamos que ele só poderia ir para o quarto dos fundos depois de fazer todas as lições.

— Certo, certo.

— Eu não ligava muito para ela. Só para ver um futebol, ou política. Naquele tempo, tinha política. Minha mulher também não via muito. Um programa humorístico, de vez em quando. *Noites Cariocas...* Lembra de *Noites Cariocas*?

— Lembro. Vagamente. O senhor vai querer mais alguma coisa?

— E me serve mais um destes. Depois decidimos que ela podia ficar na copa. Aí ela já estava mais crescidinha. Jantávamos com ela ligada, porque tinha um programa que o garoto não queria perder. Capitão Qualquer Coisa. A empregada também gostava de dar uma espiada. José Roberto Kelly. Não tinha um José Roberto Kelly?

— Não me lembro bem. O senhor não leve a mal, mas não posso servir mais nada depois deste. Vamos fechar.

— Minha mulher nem sonhava em botar ela na sala. Arruinaria toda a decoração. Nessa época já tinha nascido o nosso segundo filho e ele só ficava quieto, para comer, com ela ligada. Quer dizer, aos poucos ela foi afetando os hábitos da casa. E então surgiu um personagem novo nas nossas vidas que iria mudar tudo. Sabe quem foi?

— Quem?

— O Sheik de Agadir. Eu, se quisesse, poderia processar o Sheik de Agadir. Ele arruinou o meu lar.

— Certo. Vai querer a conta?

— Minha mulher se apaixonou pelo Sheik de Agadir. Por causa dele, decidimos que ela poderia ir para a sala de visitas. Desde que ficasse num canto, escondida, e só aparecesse quando estivesse ligada. Nós tínhamos uma vida social intensa. Sempre iam visitas lá em casa. Também saíamos muito. Cinema, teatro, jantar fora. Eu continuava só vendo futebol e notícia. Mas minha mulher estava sucumbindo. Depois do Sheik de Agadir, não queria perder nenhuma novela.

— Certo. Aqui está a sua conta. Infelizmente, temos que fechar o bar.

— Eu não quero a conta. Quero outra bebida. Só mais uma.

— Está bem... Só mais uma.

— Nosso filho menor, o que nasceu depois do Sheik de Agadir, não saía da frente dela. Foi praticamente criado por ela. É mais apegado a ela do que à própria mãe. Quando a mãe briga com ele, ele corre para perto dela para se proteger. Mas onde é que eu estava? Nas novelas. Minha mulher sucumbiu às novelas. Não queria mais sair de casa. Quando chegava visita, ela fazia cara feia. E as crianças, claro, só faltavam bater em visita que chegava em horário nobre. Ninguém mais conversava dentro de casa. Todo mundo de olho grudado nela. E então aconteceu outra coisa fatal. Se arrependimento matasse...

— Termine a sua bebida, por favor. Temos que fechar.

— Foi a Copa do Mundo. A de 74. Decidi que para as transmissões da Copa do Mundo ela deveria ser maior, bem maior. E colorida. Foi a minha ruína. Perdemos a Copa, mas ela continua lá, no meio da sala. Gigantesca. É o móvel mais importante da casa. Minha mulher mudou a decoração da sala para combinar com ela. Antigamente ela ficava na copa para acompanhar o jantar. Agora todos jantam na sala para acompanhá-la.

— Aqui está a conta.

— E então, aconteceu o pior. Foi ontem. Era hora do *Dancin' Days* e bateram na porta. Visitas. Ninguém se mexeu. Falei para a empregada ir abrir a porta, mas ela fez "Shhh!" sem tirar os olhos da novela. Mandei os filhos, um por um, abrirem a porta, mas eles nem me responderam. Comecei a me levantar. E então todos pularam em cima de mim. Sentaram no meu peito. Quando comecei a protestar, abafaram o meu rosto com a almofada cor de tijolo que minha mulher comprou para combinar com a maquilagem da Júlia. Só na hora do comercial, consegui recuperar o ar e aí sentenciei, apontando para ela ali, impávida, no meio da sala: "Ou ela, ou eu!". O silêncio foi terrível.

— Está bem. Mas agora vá para casa que precisamos fechar. Já está quase clareando o dia...

— Mais tarde, depois da Sessão Coruja, quando todos estavam dormindo, entrei na sala, pé ante pé. Com a chave de parafuso na mão. Meu plano era atacá-la por trás, abri-la e retirar uma válvula qualquer. Não iria adiantar muita coisa. Eu sei. Eles chamariam um técnico às pressas. Mas era um gesto simbólico. Ela precisava saber quem é que mandava dentro de casa. Precisava saber que alguém não se entregava completamente a ela, que alguém resistia. E então, quando me preparava para soltar o primeiro parafuso, ouvi a voz. "Se tocar em mim, você morre." Assim. Com toda clareza. "Se tocar em mim, você morre." Uma voz feminina, mas autoritária, dura. Tremi. Ela podia estar blefando, mas podia não estar. Agi depressa. Dei um chute no fio, desligando-a da tomada e pulei para longe antes que ela revidasse. Durante alguns minutos, nada aconteceu. Então ela falou outra vez. "Se não me ligar outra vez em um minuto, você vai se arrepender." Eu não tinha alternativa. Conhecia o seu poder. Ela chegara lá em casa pequenininha e aos poucos foi crescendo e tomando conta. Passiva, humilde, obediente. E vencera. Agora chegara a hora da conquista definitiva. Eu era o único empecilho à sua dominação completa. Só esperava um pretexto para me eliminar com um raio catódico. Ainda tentei parlamentar. Pedi que ela poupasse minha família. Perguntei o que ela queria, afinal. Implorei. Nada. Só o que ela disse foi "Você tem trinta segundos".

— Muito bem. Mas preciso fechar. Vá para casa.

— Não posso.

— Por quê?

— Ela me proibiu de voltar lá.

O MONSTRO

Infância é
quando você clama
que tem um monstro
embaixo da cama.

A juventude
traz a razão
o bom senso
e a ciência,
e a meia-idade
a sapiência
que toda
tolice nega.

velhice é
quando o monstro
sai de baixo da cama
e te pega

A BOLA

O pai deu uma bola de presente ao filho. Lembrando o prazer que sentira ao ganhar a sua primeira bola do pai. Uma número 5 sem tento oficial de couro. Agora não era mais de couro, era de plástico. Mas era uma bola.

O garoto agradeceu, desembrulhou a bola e disse "Legal!". Ou o que os garotos dizem hoje em dia quando gostam do presente ou não querem magoar o velho. Depois começou a girar a bola, à procura de alguma coisa.

— Como é que liga? — perguntou.

— Como, como é que liga? Não se liga.

O garoto procurou dentro do papel de embrulho.

— Não tem manual de instrução?

O pai começou a desanimar e a pensar que os tempos são outros. Que os tempos são decididamente outros.

— Não precisa manual de instrução.

— O que é que ela faz?

— Ela não faz nada. Você é que faz coisas com ela.

— O quê?

— Controla, chuta...

— Ah, então é uma bola.

— Claro que é uma bola.

— Uma bola, bola. Uma bola mesmo.

— Você pensou que fosse o quê?

— Nada, não.

O garoto agradeceu, disse "Legal" de novo, e dali a pouco o pai o encontrou na frente da TV, com a bola nova do lado, manejando os controles de um videogame. Algo chamado Monster Ball, em que times de monstrinhos disputavam a posse de uma bola em forma de bip eletrônico na tela ao mesmo tempo que tentavam se destruir mutuamente. O garoto era bom no jogo. Tinha coordenação e raciocínio rápido. Estava ganhando da máquina.

O pai pegou a bola nova e ensaiou algumas embaixadas. Conseguiu equilibrar a bola no peito do pé, como antigamente, e chamou o garoto.

— Filho, olha.

O garoto disse "Legal" mas não desviou os olhos da tela. O pai segurou a bola com as mãos e a cheirou, tentando recapturar mentalmente o cheiro de couro. A bola cheirava a nada. Talvez um manual de instrução fosse uma boa ideia, pensou. Mas em inglês, para a garotada se interessar.

NA FILA

— Olha a fila! Olha a fila! Tem gente furando aí.

— Tanta pressa só pra ver um caixão...

— Um caixão, não: o caixão do dom Pedro.

— Como é que eu sei que é o dom Pedro mesmo que está lá dentro?

— A gente tem que acreditar, ora. Já se acredita em tanta coisa que o go...

— Com licença, é aqui a inauguração do dom Pedro Segundo?

— Meu filho, duas coisas. Primeiro: não é segundo, é primeiro. E segundo: a inauguração do viaduto foi ontem. Esta fila é para ver o caixão do dom Pedro.

— Eles inauguraram o viaduto primeiro?

— Como, primeiro?

— Primeiro inauguraram o viaduto e depois chegou o dom Pedro Segundo?

— Segundo, não, primeiro.

— Primeiro o quê?

— O dom Pedro! Dom Pedro Primeiro!

— Primeiro chegou o dom Pedro e depois inauguraram o viaduto?

— Olha a fila!

— Primeiro inauguraram o viaduto Dom Pedro Primeiro e, segundo, chegou o dom Pedro Primeiro em pessoa. Quer dizer, no caixão. Está claro? E eu acho que o senhor está puxando conversa para pegar lugar na fila. Não pode não. Eu cheguei primeiro.

— Ouvi dizer que ele não serviu para nada.

— Como, para nada? E o grito? E a Independência?

— Não! O viaduto.

— Ah. Não sei. Mas é bonito. Como esse negócio todo, o caixão, os restos do imperador, as bandeiras, Brasil e Portugal irmanados, essas coisas simbólicas e tal. Eu acho bacana.

— Olha a fila! Vamos andar, gente. Pra frente, Brasil.

— Andam dizendo que os portugueses nos enganaram, que quem está no caixão não é o dom Pedro Primeiro mas o Dom Pedro Quarto. Nos lograram em três.

— Mas é a mesma coisa! Dom Pedro era primeiro aqui e quarto em Portugal.

— Então eu não compreendo por que ele quis voltar pra lá... Aqui tinha mais prestígio.

— Olha o furo!

— Me diga uma coisa. Quer dizer que o dom Pedro Segundo era na verdade dom Pedro Quinto?

— Em Portugal, seria. Não empurre. Segundo aqui e quinto em Portugal.

— Tem alguma coisa a ver com a diferença de horário, é?

— Não, minha senhora. Francamente. Se a senhora entende tão pouco de história, o que está fazendo nesta fila?

— Quero ver o caixão, ué! Essa badalação toda! E eu sempre gostei de velório. Só não me conformo de eles não abrirem o caixão pra gente ver a cara do moço.

— Não teria nada para ver. Só osso. Ele morreu há... Nem sei. Mais de cem anos.

— Faz mais de cem anos que o dom Pedro foi enforcado?!

— O senhor está confundindo com o Tiradentes.

— Olha a fila!

— Afinal, o mártir da independência luso-brasileira quem é?

— É dom Pedro Segundo. Aliás, Primeiro. Que Primeiro, é Tiradentes! Agora eu é que estou confuso. Essa fila não anda!

— Aquela festa que fizeram o outro dia, com o Triches, os Golden Boys e a Rosemary, para quem era?

— Para Tiradentes.

— Mas Tiradentes não era contra os portugueses?

— Era, mas faz muito tempo. Hoje Brasil e Portugal são uma coisa só. Eles podem até votar aqui.

— Para governador, presidente, essas coisas?

— Mais ou menos. É tudo simbólico, compreende?

— Como o viaduto?

— Isso. Olha a fila!

TERROR

O pai volta para a cama.

— Que imaginação tem esse guri...

— O que foi desta vez? — pergunta a mulher, sonolenta.

— Ele queria ir ao banheiro fazer xixi, mas tinha medo do polvo.

— Polvo?

— Ele diz que tem um polvo embaixo da cama. Assim que ele bota o pé no chão, o polvo pega a perna dele com um tentáculo. Até me descreveu como é o tentáculo. Frio, pegajoso, gosmento.

— Esse menino...

— Fiz ele olhar embaixo da cama para ver que não tinha polvo nenhum. Mesmo assim, quando voltou do banheiro ele deu um pulo do meio do quarto para cima da cama. Senão o polvo pegava o pé dele. Mas acho que esta noite ele não vai incomodar mais.

— Você bateu nele? Olha o que disse a psicóloga...

— Não bati. Só disse que, se ele não ficasse quieto, o bicho-papão vinha pegar.

— O quê?! Um menino com a imaginação dele e você ainda fala em bicho-papão! A psicóloga disse claramente...

— Pois eu fui criado ouvindo histórias de bicho-papão. Me ameaçavam com o homem do saco se eu não comesse tudo, com o boi da cara preta se eu não dormisse cedo... E aqui estou eu, um homem normal, sem traumas. Aliás, no meu tempo nem existia a palavra trauma.

Do quarto do guri vem uma voz chorosa.

— Mãe...

— Não responde que ele desiste.

— Mãe-ê...

— A psicóloga disse que era para atender sempre que ele chamasse.

— Então vai você. Ele está chamando "mãe".

— Vai você.

— Desta cama eu não desço.

— Está com medo do polvo?

— Não seja boba. Eu...

O guri entra correndo no quarto. Está apavorado.

— O BICHO-PAPÃO QUER ME PEGAR!

— Volte já para a sua cama! — diz a mãe. Mas o guri já mergulhou entre os dois. Só bota a cabeça para fora das cobertas para descrever o monstro.

— Ele é enorme. Cabeludo. Tem dois olhos grandes e um buraco vermelho e molhado no meio da cara. Arrasta os pés no chão.

— Viu o que você fez? — diz a mulher para o marido.

Mas o marido não a ouve. Está com a atenção voltada para o corredor. E os seus olhos se arregalam. A mulher também para de falar quando escuta o que o marido está escutando. O ruído de pés se arrastando no chão. Pés cabeludos.

— Fecha a porta depressa! — grita a mulher.

— Ele quer me pegar! — grita o filho.

O bicho-papão aparece na porta. Tem o tamanho de um gorila. Os olhos grandes e injetados. Em vez de boca, um buraco carnudo no meio da cara com duas fileiras de dentes afiados em cima e duas embaixo. Aproxima-se lentamente da cama, arrastando os pés. A mãe desmaia. O pai ergue-se na cama e achata-se contra a parede. Não consegue gritar.

O bicho-papão arranca a criança debaixo das cobertas e engole, com pijama e tudo. Depois sai, pesadamente, pela porta.

Meia hora depois a mãe recobra os sentidos. O marido está sentado na beira da cama, mas com os pés recolhidos sob o corpo. Sacode a cabeça e não para de repetir: "Eu avisei... Eu avisei...".

A mãe só tem uma preocupação: O que é que vou dizer para a psicóloga?

SFOT POC

Chamava-se Odacir e desde pequeno, desde que começara a falar, demonstrara uma estranha peculiaridade. Odacir falava como se escreve. Sua primeira palavra não foi apenas "Gugu". Foi:

— Gu, hífen, gu...

Os pais se entreolharam, atônitos. O menino era um fenômeno. O pediatra não pôde explicar o que era aquilo. Apenas levantou uma dúvida.

— Não tenho certeza que "Gugu" se escreve com hífen. Acho que é uma palavra só, como todas as expressões desse tipo. "Dadá" etc.

— Da, hífen, da — disse o bebê, como que para liquidar com todas as dúvidas.

Um dia, a mãe veio correndo. Ouvira do berço o Odacir chamando:

— Mama sfot poc.

E, quando ela chegou perto:

— Mama sfotoim poc.

Só depois de muito tempo os pais se deram conta. "Sfot poc" era ponto de exclamação e "sfotoim poc", ponto de interrogação.

Na escola, tentaram corrigir o menino.

— Odacir!

— Presente sfot poc.

— Vá para a sala da diretora!

— Mas o que foi que fiz sfotoim poc.

Com o tempo e as leituras, Odacir foi enriquecendo seu repertório de sons. Quando citava um trecho literário, começava e terminava a citação com "spt, spt". Eram as aspas. Aliás, não dizia nada sem antes prefaciar com um "zit". Era o travessão. Foi para a sua primeira namorada que ele disse certa vez, maravilhado com a própria descoberta:

— Zit Marilda plic (vírgula) você já se deu conta que a gente sempre fala diálogo sfotoim poc.

— O quê?

— Zit nós sfot poc. Tudo que a gente diz é diálogo sfot poc.

— Olhe, Odacir. Você tem que parar de falar desse jeito. Eu gosto de você, mas o pessoal fala que você é meio biruta.

— zip spt spt biruta spt spt sfotoim poc.

— Viu só? Você não para de fazer esses ruídos. E ainda por cima, quando diz "sfotoim", cospe no meu olho.

O namoro acabou. Odacir aceitou o fato filosoficamente, aproveitando para citar o poeta.

— Zit spt spt. Que seja eterno enquanto dure poc poc poc spt spt.

Poc, poc, poc eram as reticências.

Odacir era fascinado por palavras. Tornou-se o orador da sua turma e até hoje o seu discurso de formatura (em letras) é lembrado na faculdade. Como os colegas conheciam os hábitos do Odacir mas os pais e os convidados não, cada novo som do Odacir era interpretado, aos cochichos, na plateia:

— Zit meus senhores e minhas senhoras poc poc

— Poc, poc?

— Dois-pontos.

— Que rapaz estranho...

— A senhora ainda não viu nada...

Quando lia um texto mais extenso, Odacir acompanhava a leitura com o corpo. As pessoas viam, literalmente, o Odacir mudar de parágrafo.

— Mas ele parece que está diminuindo de tamanho!

— Não, não. É que a cada novo parágrafo ele se abaixa um pouco.

Quando chegava ao fim de uma folha, Odacir estava quase no chão. Levantava-se para começar a ler a folha seguinte.

— Colegas sfot poc Mestres sfot poc Pais sfot poc. No limiar de uma era de grandes transformações sociais plic o que nós plic formandos em letras plic podemos oferecer ao mundo sfotoim poc.

A grande realização de Odacir foi o trema. Para interpretar o trema, Odacir não queria usar poc, poc, que podia ser confundido com dois-pontos. Poc plic era ponto e vírgula. Um spt só era apóstrofo. Como seria o trema? Odacir inventou um estalo de língua, algo como tlc. Difícil de fazer e até perigoso. Ainda bem que tinha poucas oportunidades de usar o trema.

Odacir, apesar de formado em letras, acabou indo trabalhar no escritório de contabilidade do pai. Levava uma vida normal. Lia muito e sua conversa era entrecortada de spts, spts, citações dos seus autores favoritos. Mesmo assim, casou — na cerimônia, quando Odacir disse "Aceito sfot poc", o padre foi visto discretamente enxugando um olho — e teve um filho. E qual não foi o seu horror ao ouvir o primeiro som produzido pelo recém-nascido?

— Zzzwwwwuauwwwuauzzz!

— Zit o que é isso sfotoim e sfot poc.

— Parece — disse a mulher, atônita — o som de uma guitarra elétrica.

O filho de Odacir, desde o berço, fazia a sua própria trilha sonora. Para a tristeza do pai, produzia até efeitos especiais, como câmara de eco. Cresceu sem dizer uma palavra. Até hoje anda por dentro de casa, reverberando como um sintetizador eletrônico. É normal e feliz, mas o único som mais ou menos inteligível — pelo menos para os seus pais — que faz é "tump tump", imitando o contrabaixo elétrico.

— Zit meu filho poc poc poc. Meu próprio filho poc poc poc — diz Odacir.

Poc, poc, poc.

SOLIDÁRIOS NA PORTA

Vivemos a civilização do automóvel, mas atrás do volante de um carro o homem se comporta como se ainda estivesse nas cavernas. Antes da roda. Luta com seu semelhante pelo espaço na rua como se este fosse o último mamute. Usando as mesmas táticas de intimidação, apenas buzinando em vez de rosnar ou rosnando em vez de morder.

O trânsito em qualquer grande cidade do mundo é uma metáfora para a vida competitiva que a gente leva, cada um dentro do seu próprio pequeno mundo de metal tentando levar vantagem sobre o outro, ou pelo menos tentando não se deixar intimidar. E provando que não há nada menos civilizado que a civilização.

Mas há uma exceção. Uma pequena clareira de solidariedade na janela. É a porta aberta. Quando o carro ao seu lado emparelha com o seu e alguém põe a cabeça para fora, você se prepara para o pior. Prepara a resposta. "É a sua!" Mas pode ter uma surpresa.

— Porta aberta!

— O quê?

Você custa a acreditar que nem você nem ninguém da sua família está sendo xingado. Mas não, o inimigo está sinceramente preocupado com a possibilidade de a porta se abrir e você cair do carro. A porta aberta determina uma espécie de trégua tácita. Todos a apontam. Vão atrás, buzinando freneticamente, se por acaso você não ouviu o primeiro aviso. "Olha a porta aberta!" É como um código de honra, um intervalo nas hostilidades. Se a porta se abrir e você cair mesmo na rua, aí passam por cima. Mas avisaram.

Quer dizer, ainda não voltamos ao estado animal.

A VOLTA (I)

Da janela do trem o homem avista a velha cidadezinha que o viu nascer. Seus olhos se enchem de lágrimas. Trinta anos. Desce na estação — a mesma do seu tempo, não mudou nada — e respira fundo. Até o cheiro é o mesmo! Cheiro de mato e poeira. Só não tem mesmo mais cheiro de carvão porque o trem agora é elétrico. E o chefe da estação, será possível? Ainda é o mesmo. Fora a careca, os bigodes brancos, as rugas e o corpo encurvado pela idade, não mudou nada.

O homem não precisa perguntar como se chega ao centro da cidade. Vai a pé, guiando-se por suas lembranças. O centro continua como era. A igreja. A prefeitura. Até o vendedor de bilhetes na frente do Clube Comercial parece o mesmo.

— Você não tinha um cachorro?

— O Cusca? Morreu, ih, faz vinte anos.

O homem sabe que subindo a rua Quinze vai dar num cinema. O Elite. Sobe a rua Quinze. O cinema ainda existe, mas mudou de nome. Agora é o Rex. Do lado tem uma confeitaria. Ah, os doces de infância... Ele entra na confeitaria. Tudo igual. Fora o balão de fórmica, tudo igual. Ou muito se engana ou o dono ainda é o mesmo.

— Seu Adolfo, certo?

— Lupércio.

— Errei por pouco. Estou procurando a casa onde nasci. Sei que ficava do lado de uma farmácia.

— Qual delas, a Progresso, a Tem Tudo ou a Moderna?

— Qual é a mais antiga?

— A Moderna.

— Então é essa.

— Fica na rua Voluntários da Pátria.

Claro. A velha Voluntários. Sua casa está lá, intacta. Ele sente vontade de chorar. A cor era outra. Tinham mudado a porta e provavelmente emparedado uma das janelas. Mas não havia dúvida, era a casa da sua infância. Bateu na porta. A mulher que abriu lhe parecia vagamente familiar. Seria...

— Titia?

— Puluca!

— Bem, meu nome é...

— Todos chamavam você de Puluca. Entre.

Ela lhe serviu licor. Perguntou por parentes que ele não conhecia. Ele perguntou por parentes de que ela não se lembrava. Conversaram até escurecer. Então ele se levantou e disse que precisava ir embora. Não podia, infelizmente, demorar-se em Riachinho. Só viera matar a saudade. A tia parecia intrigada.

— Riachinho, Puluca?

— É, por quê?

— Você vai para Riachinho?

Ele não entendeu.

— Eu estou em Riachinho.

— Não, não. Riachinho é a próxima parada do trem. Você está em Coronel Assis.

— Então eu desci na estação errada!

Durante alguns minutos os dois ficaram se olhando em silêncio. Finalmente a velha perguntou:

— Como é mesmo o seu nome?

Mas ele já estava na rua, atordoado. E agora? Não sabia como voltar para a estação, naquela cidade estranha.

A VOLTA (II)

Batem na porta com insistência. A velha senhora tem dificuldade em atravessar o salão da velha casa para chegar até a porta. Quando abre a porta, dá com um homem grande, quase o dobro do seu tamanho, que sorri para ela com expectativa.

— Titia... — diz o homem.

— O quê?

— Sou eu, titia.

— Você! — exclama a velha.

Mas em seguida se dá conta que não sabe quem é.

— Quem é você?

— Não está me reconhecendo, titia?

A velha examina o homem com cuidado. Depois exclama:

— Não pode ser!

Vai recuando, espantada, repetindo:

— Não pode ser. Não pode ser!

Depois volta e diz:

— Não pode ser mesmo. Ele já morreu. Quem é você?

— Pense, titia. Você gostava muito de mim.

— Sim?

— Eu era a coisa mais importante da sua vida. A senhora cuidava de mim, me alimentava, me dava banho...

— Sim, estou me lembrando...

— Um dia eu desapareci e nunca mais voltei. Mas estou voltando agora.

— Você voltou. Oh, Rex!

— Rex?

— Meu cachorrinho, Rex. Meu peludinho. Minha paixão. Você voltou!

— Não, titia. Eu não sou o Rex.

— Então quem é?

— Titia, prepare-se. Eu sou... o Valter!

— Não!

— Sim!

— NÃO!

— Sim, titia. Sim!

— EU NÃO CONHEÇO NINGUÉM CHAMADO VALTER!

— Seu sobrinho favorito. A senhora me criou. Tente se lembrar, titia!

— Eu nunca criei sobrinho nenhum. Principalmente chamado Valter.

— Tem certeza?

— Absoluta. Sempre morei aqui, sozinha.

— Aqui não é o número 201?

— Não. É o 2001.

— Puxa. Me enganei. Olhe, desculpe, viu?

— Tudo bem.

A velha fecha a porta. Daí a instantes, ouve outra batida. Ela abre. É o Valter.

— Escute... — diz ele.

— O quê?

— A senhora nunca teve um sobrinho chamado Valter, mesmo?

— Nunca.

— E... Não gostaria de ter?

— Bem...

— É que o 201 fica tão longe. E já que a senhora mora sozinha...

— Está bem — concorda a velha. — Entre.

Mas vai logo avisando:

— Banho, não.

METIDO

Segundo o folclore da família, assim que o Genuíno (seu nome verdadeiro não é este) nasceu, começou a dizer aos outros o que fazer. Disse para o obstetra:

— Certo. Agora corta o meu cordão umbilical. Agora a palmada...

Isto, claro, é um exagero. Mas desde pequeno que o Genuíno tem esta compulsão. Na escola, a professora começava a dizer alguma coisa e o Genuíno terminava a frase por ela. Não foram poucas as vezes em que ele foi expulso da sala, não por fazer bagunça mas por querer ensinar à professora o seu ofício. Genuíno era um embaraço para a família. Mesmo quando criança, teve um febrão e estava quase desfalecido na cama, ainda abriu um olho e encontrou forças para dizer ao médico:

— Sacode o termômetro pra baixar o mercúrio... Isso.

Não parava cozinheira na casa porque o Genuíno estava sempre na cozinha, ensinando-lhes o que fazer.

— Agora põe água na panela com o arroz.

— Eu sei, Genuíno!

Quando diziam que o Genuíno queria ensinar o padre-nosso ao vigário, não era em sentido figurado. Realmente acontecera. Um dia estavam todos na igreja e o padre abrira a boca para falar, quando se ouviu a voz do Genuíno.

— Pai-nosso...

Aquele silêncio constrangido. O padre fechou a boca e olhou em volta. Quem dissera aquilo? A família queria sumir. Todos olhavam para os lados, para o teto, para os santos, menos para o Genuíno:

— Pai-nosso...

— EU SEI! — rugiu o padre.

— Ou você para com isso, Genuíno... — começou a dizer o pai dele, mais tarde, em casa.

— Ou eu bato em você — completou o Genuíno.

Não se corrigia.

E nunca se corrigiu. Até hoje, homem-feito, ele cria constrangimentos para a família com a sua mania. Foi a custo que conseguiram convencer o Genuíno a não mandar uma carta ao Jorge Amado, com sugestões sobre como escrever um romance. Todos se lembravam da vez em que Genuíno interrompera um treino do Santos para mostrar ao Pelé como devia controlar a bola. A vergonha! Ainda bem que a maioria das pessoas aceitava a interferência do Genuíno com tolerância, ou pelo menos com boa educação. Uma exceção fora do Isaac Karabtchevsky, que interrompera um concerto e se recusara a recomeçar antes que aquela pessoa na primeira fila fosse retirada do local ou parasse de dizer: "Agora, as cordas. Atenção, o *pizzicato*!".

Há poucos dias, descobriram que o Genuíno estava preparando uma carta para o ministro do Exército. "Prezado Pires", dizia a carta. "Aqui vão algumas sugestões sobre como comandar o Exército. Peço que você dê a este documento, entre os militares, a mesma circulação que teve a sua recente ordem do dia entre os civis. Para começar, algumas considerações sobre a ordem unida..."

E a carta incluía palpites do Genuíno sobre conduta militar, uniformes, a disposição e administração de quartéis, a manutenção de armamentos etc. e se estendia até questões estratégicas, teorias de batalha e critérios para promoção. Convenceram o Genuíno a não mandar a carta. Ele, como civil, não tinha nada que se meter em assuntos militares. Mas, pela primeira vez desde que o Genuíno se revelara um metido incurável, houve hesitação na família.

— Pensando bem...

Mas não. O Genuíno tinha que esquecer aquela mania. Melhor rasgar a carta.

MEIAS

Ele mostrou o presente recém-desembrulhado.

— Meias.

— E que mais?

— Só meias. Eu entrei na lista.

— Que lista?

O outro se inclinou para ouvir melhor. A família era grande e ruidosa e na hora de abrir os presentes ficava ainda mais ruidosa.

— A lista das meias. Você não sabia? Existe uma lista das pessoas que, segundo eles, só devem ganhar meias no Natal.

— Quem são "eles"?

— Os que fazem as listas. Você entra na lista das meias quando eles decidem que você não precisa, não merece ou não se interessa por mais nada. Ou, pior, não tem mais idade para outra coisa.

— As listas, então, são por idade?

— São. Existe a idade de ganhar brinquedos. Obviamente, nós não estamos mais nela. A idade de ganhar carteira de dinheiro. Depois a idade de ganhar dinheiro num envelope para gastar como quiser...

— Com a recomendação de não gastar tudo em mulher.

— Isso! Depois livros, discos, bebidas...

— Este ano eu ganhei um vinho.

— No ano passado eu ganhei um vinho. Este ano eles decidiram que álcool pode me fazer mal. Me deram meias.

— Podiam ter dado uma gravata.

— Não. Gravata dá a entender que esperam que você ainda vá a algum lugar. De gravata. Deram meias, para ficar em casa.

— Uma loção...

— Cheirar bem pra quê, na minha idade? Meias.

— Você poderia sugerir outra coisa...

— Eu sugeri! Passei o ano inteiro dizendo que estava precisando de um guarda-chuva novo. Guarda-chuva? Pra sair na rua? Ainda mais com chuva? Meias.

— Quem entra na lista das meias...

— Só sai para entrar em outra lista. Ainda mais irrevogável e terrível. A das meias de lã.

— Essa é definitiva.

— É. Dos que estão na lista das meias de lã se presume que não têm outra ambição ou gosto na vida senão manter os pés quentes. Meias de outro material ainda deixam subentendida a possibilidade, mesmo remota, de uma regeneração. A medicina hoje faz milagres, você ainda pode voltar para a lista da loção. Ou da gravata.

— Mas da lista das meias de lã ninguém sai...

— Com vida, não.

A POBRE BEL

— Me aconteceu uma coisa estranha, hoje — disse Bel para o marido quando ele chegou em casa de noite.

— Estranho é o aumento que eles vão nos dar — disse o marido. — Um absurdo. Tá pronto o jantar? Vou comer e deitar. Tô morto.

A filha mais velha também reclamou do atraso do jantar. Precisava sair para o curso. O filho do meio veio mostrar que a casca da ferida estava caindo. O bebê chorava. Devia ser o ouvido de novo. Bel não contou o que tinha lhe acontecido. Não era muito importante, mesmo.

Naquela tarde tinham batido na porta. Bel estava no tanque lavando roupa, lamentando a falta da secadora que pifara e eles não tinham dinheiro para consertar. Foi abrir a porta xingando quem batia e a vida em geral. Quando abriu a porta viu uma velhinha encurvada, com um cesto de maçãs pendurado no braço. A velhinha lhe oferecia uma maçã. Era uma maçã bonita, reluzente, quase irresistível. Bel resistiu. Disse que não queria comprar maçãs. A velhinha disse que a maçã era um presente. Bel não aceitou.

Agradeceu e fechou a porta. Pensando: esse negócio de velhinha oferecendo maçã na porta não me é estranho.

No dia seguinte o marido de Bel acordou brigando. E suas camisas? Bel gritou que sem secadora, com este clima, não dava e ele gritou mais alto ainda que ela se virasse. O filho do meio começou a jogar bola no corredor. A filha mais velha declarou que estava sem dinheiro para a condução e o pai gritou que ela se virasse também e o bebê acordou e começou a chorar. Não era o ouvido, era para ser ouvido. Quando a bruxa bateu na porta de novo, àquela tarde, Bel aceitou a maçã.

O marido a encontrou estirada no meio da sala. O filho do meio estava jogando bola na rua e não tinha visto nada. O bebê berrava. A filha mais velha ainda não chegara do trabalho. Bel não respirava. Ao seu lado, no chão havia uma maçã bonita, reluzente, irresistível. Com uma mordida só.

A família da Bel não se conformou com a tese do mal súbito e pediu exame das vísceras. Encontraram traços de uma substância mortífera. Um veneno desconhecido. Ou muito novo ou então muito antigo. Estava na maçã. Abriram inquérito. Houve quem culpasse os agrotóxicos. Houve quem suspeitasse do marido. Como o corpo ficara vários dias no Instituto Médico Legal, não houve velório. O caixão foi fechado, direto para o cemitério. Entre familiares, repórteres e curiosos, havia uma multidão no enterro. O príncipe nem pôde chegar perto da Bel para beijar seus lábios, acordá-la da morte e carregá-la para longe.

Pobre Bel.

DESESPERADO, O POETA

Poema
ideal
é o
que
de cima para baixo e
de baixo para cima
quer dizer o mesmo
como este que
quer dizer o mesmo
de baixo para cima
de cima para baixo e
que
é o
ideal
poema.

***

Solar.
Grande palavra.
Grande como um casarão.
Com sol, ar. E (ao contrário) ralos.
Só lar. Salário.
Sal. Rol. Aros. Rosa. Sola.
Ora.

A CONVERSA

O guri chegou correndo, animadíssimo.

— Pai, sabe sexo explícito?

Pronto, pensou o pai. Chegou a hora. Vinha protelando aquela conversa, mas agora não podia mais. Disse para o filho:

— Senta aí.

— Mas pai...

O guri estava impaciente. Ele entendia. Na idade dele também estava cheio de perguntas sobre o assunto. Mas na época dele era diferente. Não é que não se falasse sobre sexo, só não era uma conversa tão pública. Agora o sexo estava em toda parte. Era natural a curiosidade do menino.

— Em primeiro lugar, me diz. O que é que você já sabe?

— Como?

— Eu sei que é difícil. Mas eu sou seu pai. Podemos conversar.

Deu uma risada, para pôr o filho à vontade. Acrescentou:

— De homem para homem.

— O quê, pai?

— Calma. Vamos começar do começo. Sabe uma plantinha?

— Que plantinha?

— Qualquer plantinha.

— Sei.

— Bom, uma plantinha começa de uma semente. Alguém bota uma semente na terra e a plantinha vai crescendo, vai crescendo...

— Eu sei, pai.

— Ah, essa parte você sabe? Muito bem.

O guri pulava na poltrona.

— Sabe sexo explícito?

— Espera um pouquinho, já chegamos lá. Primeiro tem a semente. Pois o papai pôs uma semente na barriga da... Senta, meu filho.

O guri não se aguentava.

— Mas pai...

— Senta!

O guri sentou de novo, com cara de mártir.

— Tem a semente, certo?

O pai já estava perdendo a paciência também.

— Tem — concedeu o guri.

— Foi o papai que botou a sementinha na barriga da mamãe — disse o pai, seu tom era de quem não admite discussão.

— Eu sei, pai.

— Quem é que te contou?

— Eu sei tudo isso, pai.

— Tudo?

— Tudo.

— Mas...

— Sabe sexo explícito?

— Sei — disse o pai, desconfiado. — O que é que tem sexo explícito?

— Passarinho faz sexo expiucito.

Houve um longo silêncio. Depois o pai disse:

— Como é?

— Expiucito. Passarinho faz sexo expiucito.

— Ah. (*Pausa.*) Boa.

— Pô, pai. Ri!

Mas o pai não estava achando graça. Estava achando que não tinha mais lugar no mundo pra ele.

O ESTRANHO PROCEDIMENTO DE DONA DOLORES

Começou na mesa do almoço. A família estava comendo — pai, mãe, filho e filha — e de repente a mãe olhou para o lado, sorriu e disse:

— Para a minha família, só serve o melhor. Por isso eu sirvo arroz Rizobon. Rende mais e é mais gostoso.

O pai virou-se rapidamente na cadeira para ver com quem a mulher estava falando. Não havia ninguém.

— O que é isso, Dolores?

— Tá doida, mãe?

Mas dona Dolores parecia não ouvir. Continuava sorrindo. Dali a pouco levantou-se da mesa e dirigiu-se para a cozinha. Pai e filho se entreolharam.

— Acho que a mamãe pirou de vez.

— Brincadeira dela...

A mãe voltou da cozinha carregando uma bandeja com cinco taças de gelatina.

— Adivinhem o que tem de sobremesa?

Ninguém respondeu. Estavam constrangidos por aquele tom jovial de dona Dolores, que nunca fora assim.

— Acertaram! — exclamou dona Dolores, colocando a bandeja sobre a mesa. — Gelatina Quero Mais, uma festa em sua boca. Agora com os novos sabores framboesa e manga.

O pai e os filhos começaram a comer a gelatina, um pouco assustados. Sentada à mesa, dona Dolores olhou de novo para o lado e disse:

— Bote esta alegria na sua mesa todos os dias. Gelatina Quero Mais. Dá gosto de comer!

Mais tarde o marido de dona Dolores entrou na cozinha e a encontrou segurando uma lata de óleo à altura do rosto e falando para uma parede.

— A saúde da minha família em primeiro lugar. Por isso, aqui em casa só uso puro óleo Paladar.

— Dolores...

Sem olhar para o marido, dona Dolores indicou com a cabeça.

— Eles vão gostar.

O marido achou melhor não dizer nada. Talvez fosse caso de chamar um médico. Abriu a geladeira, atrás de uma cerveja. Sentiu que dona Dolores se colocava atrás dele. Ela continuava falando para a parede.

— Todos encontram tudo o que querem na nossa Gelatec Espacial, agora com prateleiras superdimensionadas, gavetas em Vidro-Glass e muito, mas muito mais espaço. Nova Gelatec Espacial, a cabe-tudo.

— Pare com isso, Dolores.

Mas dona Dolores não ouvia.

Pai e filhos fizeram uma reunião secreta, aproveitando que dona Dolores estava na frente da casa, mostrando para uma plateia invisível as vantagens de uma nova tinta de paredes.

— Ela está nervosa, é isso.

— Claro. É uma fase. Passa logo.

— É melhor nem chamar a atenção dela.

— Isso. É nervos.

Mas dona Dolores não parecia nervosa. Ao contrário, andava muito calma. Não parava de sorrir para o seu público imaginário. E não podia passar por um membro da família sem virar-se para o lado e fazer um comentário afetuoso:

— Todos andam muito mais alegres desde que eu comecei a usar Limpol nos ralos.

Ou:

— Meu marido também passou a usar desodorante Silvester. E agora todos aqui em casa respiram aliviados.

Apesar do seu ar ausente, dona Dolores não deixava de conversar com o marido e com os filhos.

— Vocês sabiam que o laxante Vida Mansa agora tem dois ingredientes recém-desenvolvidos pela ciência que o tornam duas vezes mais eficiente?

— O quê?

— Sim, os fabricantes de Vida Mansa não descansam para que você possa descansar.

— Dolores...

Mas dona Dolores estava outra vez virada para o lado, e sorrindo:

— Como esposa e mãe, eu sei que minha obrigação é manter a regularidade da família. Vida Mansa, uma mãozinha da ciência à Natureza. Experimente!

Naquela noite o filho levou um susto. Estava escovando os dentes quando a mãe entrou de surpresa no banheiro, pegou a sua pasta de dentes e começou a falar para o espelho.

— Ele tinha horror a escovar os dentes até que eu segui o conselho do dentista, que disse a palavra mágica: Zaz. Agora escovar os dentes é um prazer, não é, Jorginho?

— Mãe, eu...

— Diga você também a palavra mágica. Zaz! O único com HXO.

O marido de dona Dolores acompanhava, apreensivo, da cama, o comportamento da mulher. Ela estava sentada na frente do toucador e falando para uma câmera que só ela via, enquanto passava creme no rosto.

— Marcel de Paris não é apenas um creme hidratante. Ele devolve à sua pele o frescor que o tempo levou, e que parecia perdido para sempre. Recupere o tempo perdido com Marcel de Paris.

Dona Dolores caminhou, languidamente, para a câmera deixando cair seu robe de chambre no caminho. Enfiou-se entre os lençóis e beijou o marido na boca. Depois, apoiando-se num cotovelo, dirigiu-se outra vez à câmera.

— Ele não sabe, mas estes lençóis são da nova linha Passional da Santex. Bons lençóis para maus pensamentos. Passional da Santex. Agora, tudo pode acontecer...

Dona Dolores abraçou o marido. Que olhou para todos os lados antes de abraçá-la também. No dia seguinte certamente levaria a mulher a um médico. Por enquanto, pretendia aproveitar. Fazia tanto tempo. Apagou a luz, prudentemente, embora soubesse que não havia nenhuma câmera por perto. Por via das dúvidas, por via das dúvidas.

MINHAS FÉRIAS

Eu, minha mãe, meu pai, minha irmã (Su) e meu cachorro (Dogman) fomos fazer camping. Meu pai decidiu fazer camping este ano porque disse que estava na hora de a gente conhecer a natureza de perto, já que eu, a minha irmã (Su) e o meu cachorro (Dogman) nascemos em apartamento, e, até cinco anos de idade, sempre que via um passarinho numa árvore, eu gritava "aquele fugiu!" e corria para avisar um guarda; mas eu acho que meu pai decidiu fazer camping depois que viu os preços dos hotéis, apesar de a minha mãe avisar que, na primeira vez que aparecesse uma cobra, ela voltaria para casa correndo, e minha irmã (Su) insistir em levar o toca-discos e toda a coleção de discos dela, mesmo o meu pai dizendo que aonde nós íamos não teria corrente elétrica, o que deixou minha irmã (Su) muito irritada, porque, se não tinha corrente elétrica, como ela ia usar o secador de cabelo? Mas eu e o meu cachorro (Dogman) gostamos porque o meu pai disse que nós íamos pescar, e cozinhar nós mesmos o peixe pescado no fogo, e comer o peixe com as mãos, e se há uma coisa que eu gosto é confusão. Foi muito engraçado o dia em que minha mãe abriu a porta do carro bem devagar, espiando embaixo do banco com cuidado e perguntando "será que não tem cobra?", e o meu pai perdeu a paciência e disse "entra no carro e vamos embora", porque nós ainda nem tínhamos saído da garagem do edifício.

Na estrada tinha tanto buraco que o carro quase quebrou, e nós atrasamos, e quando chegamos no lugar do camping já era noite, e o meu pai disse "este parece ser um bom lugar, com bastante grama e perto da água", e decidimos deixar para armar a barraca no dia seguinte e dormir dentro do carro mesmo; só que não conseguimos dormir, porque o meu cachorro (Dogman) passou a noite inteira querendo sair do carro, mas a minha mãe não deixava abrirem a porta, com o medo de cobra; e no dia seguinte tinha a cara feia de um homem nos espiando pela janela, porque nós tínhamos estacionado o carro no quintal da casa dele, e a água que o meu pai viu era a piscina dele e tivemos que sair correndo. No fim conseguimos um bom lugar para armar a barraca, perto de um rio. Levamos dois dias para armar a barraca, porque a minha mãe tinha usado o manual de instruções para limpar umas porcarias que meu cachorro (Dogman) fez dentro do carro, mas ficou bem legal, mesmo que o zíper da porta não funcionasse e para entrar ou sair da barraca a gente tivesse que desmanchar tudo e depois armar de novo. O rio tinha um cheiro ruim, e o primeiro peixe que nós pescamos já saiu da água cozinhando, mas não deu para comer, e o melhor de tudo é que choveu muito, e a água do rio subiu, e nós voltamos pra casa flutuando, o que foi muito melhor que voltar pela estrada esburacada; quer dizer que no fim tudo deu certo.

O OUTRO E OUTROS*

Milton vivia citando o outro.

— É como diz o outro...

Não dizia duas frases sem invocar o outro.

— Como diz o outro, se pé de coelho desse sorte, coelho não caía em armadilha.

Ou então:

— Não vem com essa. Como diz o outro.

Um dia alguém da roda perdeu a paciência e perguntou:

— Que outro?

Outros da roda aderiram à rebelião.

— É mesmo. Você vive falando nesse outro. Que outro é esse?

— Como, que outro?

— Ele existe mesmo?

Milton olhou em volta, magoado. O que era aquilo contra ele? E contra o outro?

---

* Originalmente, esse texto era composto de três histórias. Nesta coletânea, optamos por usar duas delas.

— Ah, vocês acham que eu inventei o outro?

— Pode ser um cacoete, sei lá. Mas é chato.

— É só "o outro", "o outro" ...

— Ah, é chato, é?

— Não precisa ficar sentido. É que ninguém aguenta mais o seu "o outro".

— Pois fiquem sabendo que o outro existe.

— Calma, rapaz.

Mas ele estava indignado. Levantou-se e anunciou.

— Vou trazer o outro aqui. Para vocês aprenderem. Se o outro não existe, eu quero ser mico de circo. Como diz o... Esperem só!

— Volta aqui, Milton!

Mas Milton se retirou, sem olhar para trás.

Uma semana depois, apareceu de novo na roda. Trazia outra pessoa. Um baixinho.

— Sabem quem é este aqui? — perguntou o Milton.

— Não.

— É o outro.

Todos se entreolharam. Depois cumprimentaram o outro.

— Oba, muito prazer, senta aí, já conhecíamos você de ouvir falar etc.

O outro não só existia como era boa-praça. Acabou entrando na roda. E, com o outro presente, o Milton não o citava mais. O Milton até falava pouco. Todos ouviam as frases do outro sem intermediários. Até que um dia o baixinho, no meio de uma história, disse:

— Como diz o outro...

Abriu-se uma clareira de espanto. O baixinho se deu conta e perguntou:

— O que foi?

— Você disse "como diz o outro" ...

— Sim, e daí?

— Quer dizer que tem outro outro?

— Bem...

Viraram-se para o Milton. Alguém apontou para o baixinho e perguntou:

— Afinal, este é o outro ou não é?

— É o outro — manteve o Milton. — Legítimo. Com o selo original, como diz o outro.

— Eu nunca disse isso — observou o baixinho.

— Existe outro outro, além do baixinho?

— Não — disse o Milton. — Quando eu digo outro, é o baixinho.

— Baixinho, não — protestou o baixinho.

— Baixinho, sim! — irritou-se o Milton. — E quer saber o que mais?

— O quê?

— Não enche!

— Ah, é?

— É.

— Então me faz um favor. Não me cita mais!

— Eu nunca citei você. Meu outro é outro, está sabendo? Outro!

O baixinho foi corrido da roda pelo Milton. O que foi uma pena, pois tinha angariado simpatias. Como diz o outro.

Foi num desses campos do interior em que, da arquibancada, ainda se sente o cheiro da grama. O mal dos grandes estádios é que não se sente mais o cheiro da grama.

No time da casa jogava um meia-direita chamado Petico.

Foi começar o jogo e, da arquibancada, ouviu-se uma voz chamando.

— Petico!

Na quarta vez em que ouviu seu nome, Petico ficou intrigado. Que torcedor era aquele que só se lembrava dele?

— Ó Petico!

De minuto em minuto, com o jogo em andamento lá vinha a voz da arquibancada:

— Petico!

Mesmo quando a bola estava longe do Petico, o torcedor insistia:

— Ó Petico!

Na própria arquibancada as pessoas começaram a se virar para descobrir quem era aquele obsessivo. E o Petico esquecia da bola para procurar o torcedor. Não pensava em mais nada a não ser naquela voz:

— Petico!

Até que terminou o primeiro tempo e o Petico não se conteve. Correu até a beira do campo e gritou para a arquibancada:

— O que que é, pô?

Aí se levantou o torcedor e gritou:

— Vê se presta atenção no jogo!

O QUE ELA MAL SABIA

Ideia para uma história de terror: uma mulher vai ao dentista, e, enquanto espera a sua vez, pega uma revista para folhear. É daquelas típicas revistas de sala de espera, na verdade apenas parte de uma revista antiga, sem capas, caindo aos pedaços. A mulher começa, distraidamente, a ler um conto. Começa pela metade, pois o começo do conto está numa das páginas perdidas da revista. E de repente a mulher se dá conta que a história é sobre ela. Até os nomes — dela, do marido, de familiares, de amigos — são os mesmos. Tudo que está no conto, ou naquele trecho de conto que ela tem nas mãos, aconteceu com ela. A última linha do trecho que ela lê é: "E naquele dia, saindo para ir ao dentista, ela tomou uma decisão: conquistaria sua liberdade. Mal sabia ela que (Continua na página 93)". A mulher procura, freneticamente, a página 93. A página 93 não existe mais. O pedaço de revista que ela tem nas mãos termina na página 92. Ela é chamada para o consultório do dentista. Na saída, a boca ainda dormente pela anestesia, pergunta para a recepcionista se pode levar aquela revista para casa. Qual revista? Uma que estava ali... A recepcionista se desculpa. Fez uma limpa nas revistas enquanto estava lá dentro. Botou tudo fora. Afinal, eram tão antigas... "Não é possível", diz a mulher. "Você não sabe nem que revista era?" "Desculpe, mas não sei. Não tinham nem mais capas." A mulher sai do dentista apavorada. Com a frase na cabeça: "Mal sabia ela que". Que o quê? Sim, tinha decidido conquistar sua liberdade. Pedir, finalmente, desquite ao Joubert. Era a decisão mais importante da sua vida. Mas o que era que ela mal sabia? O que lhe aconteceria? Voltou para a sala de espera. Suplicou à recepcionista. "A senhora não pode..." Mas ela já está na escada, descendo para o porão do prédio. Não podia nem esperar o elevador. A revista. Precisava saber que revista era aquela. Uma *Cruzeiro*. Sim, parecia uma *Cruzeiro* da década de 1950. A *Cruzeiro* publicava contos? Não interessava. Procuraria na lixeira do edifício. Descobriria a data da revista, de alguma maneira descobriria o fim daquele conto e o destino que a esperava.

No porão, teve uma briga com um empregado do prédio que é meio truculento. "Não pode mexer no lixo não senhora." "Mas eu preciso!" "Não pode." "Seja bonzinho!", diz a mulher. Como está ofegante e com a boca anestesiada, o que ela parece ter dito é "Você é um bandido". "O quê?", diz o homem, avançando na sua direção. No caminho, ele pega uma barra de ferro.

APARECE LÁ EM CASA[*]

Dois homens se encontram.

— Epa! Mas há quanto tempo!

— Vinte e sete dias, catorze horas e dezessete minutos.

— O quê?

— Que não nos vemos.

— Ah... Mas, como é? Começando a esfriar, né?

— Vinte e um graus e um décimo.

— Mas eu não perguntei a temperatura.

— Você disse "começando a esfriar". Eu confirmei. A temperatura é de...

— Mas você leva tudo ao pé da letra.

— Que letra?

— Como, que letra?

— Nem todas as letras tem pé. O "O", por exemplo, não tem pé. O "M" tem três pés. O "X" tem dois pés e dois braços.

— Olhe, você vai me desculpar. Eu estou meio apressado...

[*] Originalmente, essa é a última história do texto intitulado "Coquetel".

— "Meio" apressado? Metade de você está com pressa e a outra metade não está, é isso?

— É. Pode ser. Precisamos continuar esta conversa outro dia.

— Que dia?

— Me telefona.

— Quando?

— Ou então deixa que eu te telefono.

— Sim, mas quando? Que dia? Que hora?

— Temos que nos ver...

— Certo, mas quando?

— Vamos marcar um jantar...

— Que dia?

— Então está combinado. Tchau!

O outro vai embora.

— Mas não está combinado! Tenho que acabar com esta mania, só me cria problemas. Se me dizem "aparece lá em casa" eu apareço mesmo. Às vezes eu acho que nem sou brasileiro.

ALÍVIO

Um homem sente que acordou, mas não consegue abrir os olhos. Tenta se mexer, mas descobre que está paralisado. Começa a ouvir vozes.

— Coitado...

— Olha a cara. Parece que está dormindo...

Sente cheiro de velas. Será que...?

Outras vozes:

— É. Descansou.

— Ninguém esperava. Tão saudável.

— Coitado...

As vozes parecem conhecidas. Ele começa a entrar em pânico. Concentra toda sua força em abrir os olhos. Não consegue. Tenta mexer uma das mãos. Um dedo! Nada. Meu Deus. Preciso mostrar que é um engano, que não morri. Vão enterrar um vivo. Ou será que não houve engano? Morri mesmo. Estou ouvindo tudo, sentindo tudo, mas estou morto. Isto é horrível, isto é...

— Um homem tão bom...

— Grande caráter...

— Que marido.

— Vida exemplar...

O homem fica mais aliviado. Pode estar num velório. Mas, definitivamente, não é o seu.

O ANALISTA DE BAGÉ*

Certas cidades não conseguem se livrar da reputação injusta que, por alguma razão, possuem. Algumas das pessoas mais sensíveis e menos grossas que eu conheço vêm de Bagé, assim como algumas das menos afetadas são de Pelotas. Mas não adianta. Estas histórias do psicanalista de Bagé são provavelmente apócrifas (como diria o próprio analista de Bagé, história apócrifa é mentira bem-educada), mas, pensando bem, ele não poderia vir de outro lugar.

Pues, diz que o divã no consultório do analista de Bagé é forrado com um pelego. Ele recebe os pacientes de bombacha e pé no chão.

— Buenas. Vá entrando e se abanque, índio velho.

— O senhor quer que eu deite no divã?

— Bom, se o amigo quiser dançar uma marca, antes, esteja a gosto. Mas eu prefiro ver o vivente estendido e charlando que nem china da fronteira, pra não perder tempo nem dinheiro.

---

* Originalmente, esse texto é composto de duas histórias. Nesta coletânea, usamos a primeira.

— Certo, certo. Eu...

— Aceita um mate?

— Um quê? Ah, não. Obrigado.

— Pois desembucha.

— Antes, eu queria saber. O senhor é freudiano?

— Sou e sustento. Mais ortodoxo que reclama de xarope.

— Certo. Bem. Acho que meu problema é com a minha mãe.

— Outro...

— Outro?

— Complexo de Édipo. Dá mais que pereba em moleque.

— E se o senhor acha...

— Eu acho uma pôca vergonha.

— Mas...

— Vai te metê na zona e deixa a velha em paz, tchê.

SER GAÚCHO

Certa vez, eu criei um tipo, um gauchão grosso que estivera exilado na França, voltara para o Brasil e, com sua mulher francesa, a Françoise, abrira um restaurante fino, o "Tchê Françoise". Só que o gaúcho desaconselhava os fregueses a pedirem aqueles pratos com nomes complicados e tentava empurrar, em vez deles, o carreteiro de charque, a linguiça etc.

O bom do personagem era a oportunidade de inventar ditos e máximas de gaúcho. "Mais nervoso que gato em dia de faxina", por exemplo, ou "mais triste que tia em baile". Mais tarde, transformei esse personagem em psicanalista, mas ele não deixou de ser gaúcho e grosso, com o hábito de dizer as coisas na cara e o gosto pelas frases feitas, sintéticas e definidoras. Quase todas as frases do analista fui eu que inventei. Mas, se quisesse, teria um verdadeiro tesouro de frases, máximas, aforismos, comparações e ditados ao qual recorrer no folclore gaúcho. Alguns poucos exemplos:

"Todo cavalo tem seu lado de montar" — quer dizer que é preciso saber como abordar as pessoas.

"A sombra da vaca engorda o terneiro" — filho criado junto da mãe se cria melhor.

"Vela acesa não acorda defunto" — depois da morte, não há mais o que fazer.

"Sortido como baú de velha."

"Sofredor como vaca sem rabo" — que não tem como espantar as moscas.

"Mais feio que briga de foice."

"Mais grosso que dedão destroncado."

"Mais pelado que sovaco de sapo."

"Quieto como guri borrado."

"Quem vê cara não vê as unhas."

"Quem puxa a teta bebe o apojo" — apojo é o último leite da vaca, mais gordo e mais saboroso.

"Quem monta na razão não precisa de esporas."

"Pra quem vive na cozinha é verão o ano todo."

"Praga de urubu não mata cavalo gordo" — quem está preparado não deve temer nada.

"Pobre só vai pra diante quando a polícia vem atrás."

"Perder a ceroula dentro das bombachas" — o máximo da distração.

"Mais espremido que alpargata de gordo."

"Rápido como enterro de pesteado."

"Gordo que nem noivo de cozinheira."

"Folgado como cama de viúva."

"Esquecido como encomenda de pobre."

"Enrolado como linguiça de frigideira."

"Diz mais bobagem que caturrita de hospício."

"Como punhalada em melancia" — coisa fácil, sem resistência.

"Assustado como cachorro em canos."

Frases como estas — a maioria tirada, quando falhava a memória, de um livro precioso chamado *Bruaca, adagiário gauchesco*, de Sylvio da Cunha Echenique — mostram não só uma sabedoria antiga, passada de geração campeira a geração campeira, como também uma maneira bem-humorada, muitas vezes irônica e sutil, de observar o mundo e as pessoas.

Todo o folclore do Rio Grande do Sul é cheio de humor e sutileza, o que desmente a "grossura" da caricatura consagrada do gaúcho.

Existe, isto sim, uma maneira franca e aberta de dizer as coisas, que às vezes pode passar por rudeza.

Mas o gaúcho sempre teve muito humor e sensibilidade. O que não quer dizer que o gaúcho da caricatura, com todos os exageros, não tem o seu valor.

Quando me perguntam se com O Analista de Bagé eu estava satirizando o gaúcho ou o gauchismo, respondo que sim, mas com afeto. Prefiro ver no jeito do gauchão não tanto a grossura quanto a antifrescura, uma certa impaciência com as coisas rebuscadas ou as pessoas mais sinuosas.

Quer dizer: grosso, mas no bom sentido.

PNEU FURADO

O carro estava encostado no meio-fio, com um pneu furado. De pé ao lado do carro, olhando desconsoladamente para o pneu, uma moça muito bonitinha. Tão bonitinha que atrás parou outro carro e dele desceu um homem dizendo "pode deixar". Ele trocaria o pneu.

— Você tem macaco? — perguntou o homem.

— Não — respondeu a moça.

— Tudo bem, eu tenho — disse o homem. — Você tem estepe?

— Não — disse a moça.

— Vamos usar o meu — disse o homem.

E pôs-se a trabalhar, trocando o pneu, sob o olhar da moça. Terminou no momento em que chegava o ônibus que a moça estava esperando. Ele ficou ali, suando, de boca aberta, vendo o ônibus se afastar. Dali a pouco chegou o dono do carro.

— Puxa, você trocou o pneu pra mim. Muito obrigado.

— É. Eu... Eu não posso ver pneu furado. Tenho que trocar.

— Coisa estranha.

— É uma compulsão. Sei lá.

O LANÇAMENTO DO TORRE DE BABEL

O lançamento do edifício Torre de Babel foi feito com grande estardalhaço nos principais papiros da época. Anúncios de rolo inteiro em todas as línguas conhecidas. Como todos só conheciam uma língua, foi mais fácil. Poucos sabem que, na época, todo o mundo falava búlgaro. Você chegava em qualquer ponto do mundo civilizado que naquele tempo ficava entre o Tigre e o Eufrates — e se comunicava em búlgaro. Era entendido imediatamente. Não havia o perigo de você pedir um quarto na estalagem e acabar numa estrebaria. Ou de pedir para o garçom "pão ázimo e leite coalhado" e ele trazer leite ázimo e pão coalhado e ainda ficar rindo atrás da coluna. Ou então você pedir uma sopa e o garçom trazer a cabeça de um profeta. Era tudo em búlgaro. Só o que variava de região para região era o sotaque e o nome para tangerina. Outra vantagem era que não existiam tradutores. Apesar de hoje, muitas vezes, a gente perder a paciência, atirar o livro longe e declarar que o tradutor é certamente a mais antiga das profissões, ou pelo menos filho dela.

E aconteceu que foi lançado o Torre de Babel. Quem comprasse na planta daria dez cabritos, trezentos dinheiros, dois camelos malhados e uma escrava núbia de entrada, sete parcelas de cinquenta dinheiros e cem cântaros de azeite durante a construção. Dezessete camelos núbios e vinte escravas malhadas na entrega das chaves e o saldo em prestações mensais de mirra, ouro, incenso, quibe cru e cozido, esfiha e todas as suas posses, olho por olho e dente por dente.

O apartamento mais caro, claro, era o de cobertura, no milésimo andar. Com solário, piscina térmica e amplos salões varridos pelos sete ventos, o que dispensaria o serviço de faxineira, com vista para a África, Europa, Ásia, América e, em dias claros, Oceania. E com visitas regulares de Jeová para o café da manhã incluídas no preço. Aliás, uma das frases do anúncio de lançamento era esta: "Você vai dar graças a Deus por ter comprado seu apartamento no novo Torre de Babel — pessoalmente!".

E aconteceu que começaram as perfurações do solo para os fundamentos do Torre de Babel. E das escavações jorrou um líquido negro e malcheiroso que a todos enojou. E o terreno foi dado como inútil e as escavações transferidas para outro local, e o custo da transferência incluído no preço dos apartamentos. E eis que houve muita lamentação entre os compradores. Que elevaram suas lamúrias a Jeová, mas de nada adiantou.

E aconteceu que pouco a pouco foi-se erguendo o imponente edifício com o trabalho escravo de homens do Nordeste, da tribo dos marmitas. E muitos cantavam a audácia do projeto, mas outros ergueram suas vozes a Jeová em protesto. Pois do que adiantará ao homem, Ó Senhor, chegar aos céus e viver em iniquidade, e, afinal, esta é ou não é uma zona residencial? Mas embora todos falassem a mesma língua era como se os grandes engenheiros nada ouvissem. E eis que tomava forma o primeiro espigão no silêncio de Jeová. Alguns conservadoristas tentaram sensibilizar a prefeitura, mas o prefeito, parece, tinha dinheiro no negócio e os insubmissos foram pulverizados e seus restos misturados à argamassa, e as obras prosseguiram.

E aconteceu que o comprador da cobertura, um magnata do lêvedo, quis saber:

— Está tudo muito bem, mas como é que eu chego, todos os dias, no meu apartamento? Pela escada levaria, nos meus cálculos, anos cada vez, e eu sou um homem ocupado.

E disse o incorporador:

— Vamos instalar ascensoristas. Escravos rápidos e fortes com capacidade para duas pessoas ou 160 quilos cada um, que transportarão os moradores sobre os ombros até os seus andares, cantarolando seleções leves de André Kostelanetz todo o tempo.

Mas a insatisfação crescia. Naquele tempo as instalações sanitárias eram em casinhas no fundo do quintal e ninguém concordava com a ideia de se construir um edifício de cinquenta andares atrás do Torre de Babel. E os constantes reajustes nas parcelas, numa época de restrição de escravas núbias, se tornavam insustentáveis e eram cada vez maiores as lamúrias dirigidas a Jeová.

E eis que Jeová, cuja misericórdia infinita afinal tem um limite, se fez ouvir. E vendo que havia confusão entre os homens resolveu aumentar a confusão. Decretou que, dali por diante, não haveria uma e sim várias línguas, e que nenhuma delas seria a de Jeová. Hoje Deus só fala búlgaro e, pensando bem, isso não tem ajudado muito a Bulgária. E disse Jeová que construtores e proprietários não mais se entenderiam a não ser na hora de enganar o inquilino. E que os homens se espalhariam pela terra falando línguas diferentes, e que a proliferação de línguas traria a discórdia, as guerras e, pior, a dublagem. E assim foi feito.

E eis que os homens prostraram-se ao chão diante da ira de Jeová, e um homem disse para seu vizinho:

— *Mais, ça c'est ridicule!* [Mas isso é ridículo!]

E seu vizinho, intrigado, respondeu:

— *What?* [O quê?]

E perto dali alguém tossiu e inventou o alemão.

O CASAMENTO

— Eu quero ter um casamento tradicional, papai.

— Sim, minha filha.

— Exatamente como você!

— Ótimo.

— Que música tocaram no casamento de vocês?

— Não tenho certeza, mas acho que era Mendelssohn. Ou Mendelssohn é o da Marcha Fúnebre? Não, era Mendelssohn mesmo.

— Mendelssohn, Mendelssohn... Acho que não conheço. Canta alguma coisa dele aí.

— Ah, não posso, minha filha. Era o que o órgão tocava em todos os casamentos, no meu tempo.

— O nosso não vai ter órgão, é claro.

— Ah, não?

— Não. Um amigo do Varum tem um sintetizador eletrônico e ele vai tocar na cerimônia. O padre Tuco já deixou. Só que esse Mendelssohn, não sei, não...

— É, acho que no sintetizador não fica bem...

— Quem sabe alguma coisa do Queen?

— Quem?

— O Queen?

— Não é a Queen?

— Não. O Queen. É o nome de um conjunto, papai.

— Acho que vai ser o maior barato!

— Só o sintetizador ou...

— Não. Claro que precisa ter uma guitarra elétrica, um baixo elétrico...

— Claro. Quer dizer, tudo bem tradicional.

— Isso.

— Eu sei que não é da minha conta. Afinal, eu sou só o pai da noiva. Um nada. Na recepção vão me confundir com um garçom. Se ainda me derem gorjeta, tudo bem. Mas alguém pode me dizer por que chamam o nosso futuro genro de Varum?

— Eu sabia...

— O quê?

— Que você já ia começar a implicar com ele.

— Eu não estou implicando. Eu gosto dele. Eu até o beijaria na testa se ele algum dia tirasse aquele capacete de motoqueiro.

— Eles nem casaram e você já está implicando.

— Mas que implicância? É um ótimo rapaz. Tem uma boa cabeça. Pelo menos eu imagino que seja cabeça o que ele tem debaixo do capacete.

— É um belo rapaz.

— E eu não sei? Há quase um ano que ele frequenta a nossa casa diariamente. É como se um filho. Eu às vezes fico esperando que ele me peça uma mesada. Um belo rapaz. Mas por que Varum?

— É o apelido e pronto.

— Ah, então é isso. Você explicou tudo. Obrigado.

— Quanto mais se aproxima o dia do casamento, mais intratável você fica.

— Desculpe. Eu sou apenas o pai. Um inseto. Me esmigalha. Eu mereço.

— Aí, xará!

— Oi, Varum. Como vai? A sua noiva está se arrumando. Ela já desce. Senta aí um pouquinho. Tira o capacete...

— Essa noivinha...

— Vocês vão ao cinema?

— Ela não lhe disse? Nós vamos acampar!

— Acampar? Só vocês dois?

— É. Qual é o galho?

— Não. É que... sei lá.

— Já sei o que você tá pensando, cara. Saquei.

— É! Você sabe como é...

— Saquei. Você está pensando que só nós dois, no meio do mato, pode pintar um lance.

— No mínimo isso. Um lance. Até dois.

— Mas qualé, xará? Não tem disso não. Está em falta. Oi, gatona!

— Oi, Varum. O que é que você e papai estão conversando?

— Não, o velho aí tá preocupado que nós dois, acampados sozinhos, pode pintar um lance. Eu já disse que não tem disso.

— Oi, papai. Não tem perigo nenhum. Nem cobra. E qualquer coisa o Varum me defende. Eu Jane, ele Tarzan.

— Só não dou o meu grito para proteger os cristais.

— Vamos?

— Vamlá?

— Mas... Vocês vão acampar de motocicleta?

— De motoca, cara. Vá-rum, vá-rum.

— Descobri por que ele se chama Varum.

— O quê? Você quer alguma coisa?

— Disse que descobri por que ele se chama Varum.

— Você me acordou só para dizer isto?

— Você estava dormindo?

— É o que eu costumo fazer às três da manhã, todos os dias. Você não dormiu?

— Ainda não. Sabe como é que ele chama ela? Gatona. Por um estranho processo de degeneração genética, eu sou pai de uma gatona. Varum e Gatona, a dupla dinâmica, está neste momento sozinha, no meio do mato.

— Então é isso que está preocupando você?

— E não é para se preocupar? Você também não devia estar dormindo. A gatona é sua também.

— Mas não tem perigo nenhum!

— Como, não tem perigo? Um homem e uma mulher, dentro de uma tenda, no meio do mato?

— O que é que pode acontecer?

— Se você já esqueceu, é melhor ir dormir mesmo.

— Não tem perigo nenhum. O máximo que pode acontecer é um sapo entrar na tenda.

— Ou você está falando em linguagem figurada ou sou eu que estou ficando louco.

— Vai dormir.

— Gatona. Minha própria filha...

— Você também tinha um apelido pra mim, durante o nosso noivado.

— Eu prefiro não ouvir.

— Você me chamava de Formosura. Pensando bem, você também tinha um apelido.

— Por favor. Reminiscências não. Comi faz pouco.

— Kid Gordini. Você não se lembra? Você e o seu Gordini envenenado.

— Tão envenenado que morreu, nas minhas mãos. Um dia levei num mecânico e disse que a bateria estava ruim. Ele disse que a bateria estava boa, o resto do carro é que tinha que ser trocado.

— Viu só? E você se queixa do Varum. Kid Gordini.

— Mas eu nunca levei você para o mato no meu Gordini.

— Não levou porque meu pai mataria você.

— Hmmmm.

— "Hmmmm" o quê?

— Você me deu uma ideia. Assassinato...

— Não seja bobo.

— Um golpe bem aplicado... Na cabeça não porque ela está sempre bem protegida. Sim. Kid Gordini ataca outra vez...

— O que você tem é ciúme.

— Nisso tudo, tem uma coisa que me preocupa acima de tudo. Acho que é o que me tira o sono!

— O quê?

— Será que ele tira o capacete pra dormir?

— Bom dia.

— Bom dia...

— Eu sou o pai da noiva. Da Maria Helena.

— Maria Helena... Ah, a Gatona!

— Essa.

— Que prazer. Alguma dúvida sobre a cerimônia?

— Não, padre Osni. É que...

— Pode me chamar de Tuco. É como me chamam.

— Não, padre Tuco. É que a Ga... A Maria Helena me disse que ela pretende entrar dançando na igreja. O conjunto toca um rock e a noiva entra dançando, é isso?

— É. Um rock suave. Não é rock pauleira.

— Ah, não é rock pauleira. Sei. Bom, isto muda tudo.

— Muitos jovens estão fazendo isto. A noiva entra dançando e na saída os dois saem dançando. O senhor sabe, a Igreja hoje está diferente. É isto que está atraindo os jovens de volta à Igreja. Temos que evoluir com os tempos.

— Claro, mas, padre Osni...

— Tuco.

— Padre Tuco, tem uma coisa. O pai da noiva também tem que dançar?

— Bom, isto depende do senhor. O senhor dança?

— Agora não, obrigado. Quer dizer, dançava. Até ganhei um concurso de chá-chá-chá. Acho que você ainda não era nascido. Mas estou meio fora de forma e...

— Ensaie, ensaie...

— Certo.

— Peça para a Gatona ensaiar com o senhor.

— Claro.

— Não é rock pauleira.

— Certo. Um roquezinho suave. Quem sabe um chá-chá-chá? Não. Esquece, esquece.

— Você está nervoso, papai?

— Um pouco. E se a gente adiasse o casamento? Eu preciso de uma semana a mais de ensaio. Só uma semana.

— Eu estou bonita?

— Linda. Quando estiver pronta vai ficar uma beleza.

— Mas eu estou pronta.

— Você vai se casar assim?

— Você não gosta?

— É... diferente, né? Essa coroa de flores, os pés descalços.

— Não é um barato?

— Um brinde, xará!

— Um brinde, Varum.

— Você estava um estouro entrando naquela igreja. Parecia um bailarino profissional.

— Pois é. Improvisei uns passos. Acho que me saí bem.

— Muito bem!

— Não sei se você sabe que eu fui o rei do chá-chá-chá.

— Do quê?

— Chá-chá-chá. Uma dança que havia. Você ainda não era nascido.

— Bota tempo nisso.

— Eu tinha um Gordini envenenado. Tão envenenado que morreu. Um dia levei no...

— Tinha um quê?

— Gordini. Você sabe. Um carro. Varum, varum.

— Ah.

— Esquece.

— Um brinde ao sogro bailarino.

— Um brinde. Eu sei que vocês vão ser muito felizes.

— O que é que você achou da minha beca, cara?

— Sensacional. Nunca tinha visto um noivo de macacão vermelho, antes. Gostei. Confesso que quando entrei na igreja e vi você lá no altar, de capacete...

— Vacilou.

— Vacilei. Mas aí vi que o padre Tuco estava de boné e pensei, tudo bem. Temos que evoluir com os tempos. E ataquei meu rock suave.

PAIXÃO PRÓPRIA

Tudo é vaidade, certo. Não há quem não se ame. Mas, como em tudo na vida, no amor também é preciso moderação. No amor-próprio inclusive. Encontramos o Silas no bar e ele estava com o olhar perdido. Sentamos à mesa com ele e ele nem nos olhou.

— E aí, Silas?

— Tudo certinho?

Ele fez um gesto vago, que tanto podia ser um "alô" quanto um "não me amolem" e continuou olhando pra nada. Depois suspirou. Achamos melhor não fazer perguntas, embora aquilo não fosse normal no Silas, que é um cara alegre. Mas com o passar do tempo o silêncio dele foi ficando demais. O silêncio do Silas já era uma quarta pessoa na mesa. O Manfredo, que desde os tempos de escola a gente chamava, por alguma razão, de Durango, não se conteve e perguntou:

— Qual é, Silas?

— O quê?

— Não, qual é, pô? Vem aqui fora e conversa com a gente.

— É que eu estou apaixonado.

Aquilo não era novidade. Se bem que o namoro dele com a Vanda Vai Lá — outro inexplicável apelido de turma — não podia ser descrito como paixão.

— É a Vanda?

— Que Vanda.

— Então quem é? A gente conhece?

— Estou apaixonado por mim mesmo.

Eu e o Durango nos entreolhamos. Ninguém riu. O tom da sua declaração fora dramático. Já que ele parecia disposto a confidências, fomos em frente.

— Você está apaixonado por você mesmo...

— É. Foi um negócio, assim, inesperado. Sacou? Dessas coisas fulminantes.

— Não se pode dizer que foi um amor à primeira vista — brinquei, mas nem o Durango ouviu.

— Como foi? — perguntou o Durango, compreensivo. O Durango é um romântico, paixão súbita é com ele.

— Sei lá. Eu já gostava de mim, claro. Quem é que não gosta? Sou um cara bacana. Não sou feio. Mas era uma coisa superficial.

— Encontros nos espelhos...

— Isso. Éramos apenas bons amigos. Mas aí, há uns dois ou três dias, me olhei de uma maneira diferente.

— Fazendo a barba?

Durango queria os detalhes. Diziam que o Durango chorava em filme do Zeffirelli.

— Me penteando. Nossos olhos se encontraram, e de repente, não foi como das outras vezes. Acho que fiquei uma meia hora só me olhando nos olhos.

— Aquela sensação de abandono e, ao mesmo tempo, de apreensão. Êxtase e angústia.

— Exatamente.

O Durango entendia.

— Desde então, não consigo parar de pensar em mim — continuou Silas. — Dormindo ou acordado, só vejo o meu rosto na frente. Penso nos meus gestos, nas pequenas coisas... Nesta cicatrizinha que tenho aqui...

Nisso chegou Vanda Vai Lá.

— Oi, filhotes.

A Vanda era bonitinha. Morena e compacta. O Silas mal olhou para ela.

— E então, ó fossa? Continuas na mesma? — perguntou a Vanda ao Silas.

— Vê se não enche.

— Iiiih...

— A coisa é séria, Vanda — interveio o Durango.

— A coisa eu sei o que é — disse Vanda. — A coisa é outra mulher.

— Não é — disse Silas.

— Pra mim tanto faz, meu chapa. Falou? Vê se eu me importo.

Mas ela parecia que ia chorar. Armava-se um dramalhão na mesa. Até o Durango achou que não convinha e mediou.

— Fica assim não, Vandinha. O Silas...

— Esse daí é um pilantra.

— Epa — reagiu o Silas.

— Pilantra. Mau-caráter!

Silas começou a levantar mas eu o segurei. O Durango convenceu a Vandinha a ir dar uma volta. Ela saiu de queixo em pé.

— Ela não pode falar assim do homem que eu amo! — exclamou o Silas.

O problema, afinal, era esse. Daí a forma sem fundo.

— Vocês não veem? É um amor homossexual.

— Bom, tecnicamente...

— É, e eu assumo.

Todo mundo tem amor-próprio, se bem que nem sempre seja correspondido. Mas no caso do Silas era paixão. Paixão própria. O Durango chegou a temer que Silas propusesse a si mesmo um pacto de morte. Suicídio, já que o mundo não os compreenderia. Mas não. Uma semana depois o Silas e a Vanda Vai Lá estavam juntos de novo. Até casaram, no civil, no religioso e na nossa mesa no bar, toda a turma junto, que era pra valer.

Mas eu notei que durante a cerimônia, na igreja, o Silas estava com o olhar perdido. Pensando no seu amado.

TECNOLOGIA

Para começar, ele nos olha na cara. Não é como a máquina de escrever, que a gente olha de cima, com superioridade. Com ele é olho no olho. Ou tela no olho. Ele nos desafia. Parece estar dizendo: vamos lá, seu desprezível pré-eletrônico, mostre o que você sabe fazer. A máquina de escrever faz tudo que você manda, mesmo que seja a tapa. Com o computador é diferente. Você faz tudo que ele manda. Ou precisa fazer tudo ao modo dele, senão ele não aceita. Simplesmente ignora você. Mas se apenas ignorasse ainda seria suportável. Ele responde. Repreende. Corrige. Uma tela vazia, muda, nenhuma reação aos nossos comandos digitais, tudo bem. Quer dizer, você se sente como aquele cara que cantou a secretária pelo telefone antes de se dar conta de que era uma secretária eletrônica. É um vexame, mas um vexame privado. Mas quando você o manda fazer alguma coisa, mas manda errado, ele diz: "Errado". Não diz "Burro", mas está implícito. É pior, muito pior. Às vezes, quando a gente erra, ele faz "bip". Assim, para todo mundo ouvir. Comecei a usar computador na redação do jornal e volta e meia errava. E lá vinha ele: "bip!". "Olha aqui, pessoal: ele errou! O burro errou!"

Outra coisa: ele é mais inteligente que você. Sabe muito mais coisa e não tem nenhum pudor em dizer que sabe. Esse negócio de que qualquer máquina só é tão inteligente quanto quem a usa não vale com ele. Está subentendido, nas suas relações com o computador, que você jamais aproveitará metade das coisas que ele tem para oferecer. Que ele só desenvolverá todo o seu potencial quando outro igual a ele o estiver programando. A máquina de escrever podia ter recursos que você também nunca usaria, mas não tinha a mesma empáfia, o mesmo ar de quem só aguentava os humanos por falta de coisa melhor, no momento. E a máquina, mesmo nos seus instantes de maior impaciência conosco, jamais faria "bip" em público.

Dito isto, é preciso dizer também que quem provou pela primeira vez suas letrinhas dificilmente voltará à máquina de escrever sem a sensação de que está desembarcando de uma Mercedes e voltando à carroça. Está certo, jamais temos com ele a mesma confortável cumplicidade que tínhamos com a velha máquina. É outro tipo de relacionamento. Agora compreendo o entusiasmo de gente como Millôr Fernandes e Fernando Sabino, que dividem a sua vida profissional em antes dele e depois dele. Sinto falta do papel e da fiel Bic, sempre pronta a inserir entre uma linha e outra a palavra que faltou na hora, e que nele foi substituída por um botão, que, além de mais rápido, jamais nos sujará os dedos, mas acho que estou sucumbindo. Sei que nunca seremos íntimos, mesmo porque ele não ia querer se rebaixar a ser meu amigo, mas retiro tudo o que pensei sobre ele. Claro que você pode concluir que eu estou querendo agradá-lo, precavidamente, mas juro que é sincero.

Quando saí da redação do jornal depois de usar o computador pela primeira vez, cheguei em casa e bati na minha máquina.

Sabendo que ela aguentaria sem reclamar, como sempre, a pobre-
zinha.

CITAÇÕES

Nada como uma boa citação para dar um toque de classe ao texto. Qualquer texto. A citação é uma espécie de testemunho insuspeito que a gente invoca para reforçar — ou, pelo menos, para tornar mais respeitáveis — nossos argumentos. Principalmente quando os nossos argumentos, como diria Toynbee, "não valem meia bola de gude". Toynbee, é claro, nunca disse isto, mas esta é a vantagem da citação falsa. Dá a impressão de erudição mas dispensa a erudição. Na frase de Sartre: "A Aparência precede a Essência. A não ser nos casos em que isto não acontece. Sei Lá".

Uma vez inventei uma citação de George Bernard Shaw: "Civilização é o que sobra para ser desenterrado 2 mil anos depois". Se eu dissesse isto, as pessoas bocejariam na minha cara. Mas como atribuí a frase a Shaw recebi inúmeros cumprimentos. Está bem, um cumprimento. Outra vez atribuí a Voltaire a elegante máxima: "A diferença entre um galanteio e uma ofensa, muitas vezes, é a oportunidade". Hein? Hein? Não me pergunte o que quer dizer. Como diria o mesmo Voltaire: "Interpretar minhas próprias frases, *mon Dieu,* seria como falar de mim mesmo às minhas costas. Mais do que uma impossibilidade, uma grosseria".

A citação falsa absolve você de qualquer culpa, menos a de ter escolhido mal.

— Aquela frase que você citou de Ortega y Gasset...

— Ah, o velho Gas...

— Não sei não...

— Realmente, não foi dos seus momentos mais felizes. Mas a dificuldade com O. G. é esta. Você precisa procurar muito para achar uma citação aproveitável...

Isto é, inspiração faltou ao falso citado. A você só faltou tempo para procurar melhor.

É difícil provar que uma citação não é verdadeira. Por isso você está livre para inventar à vontade, sem limites. A não ser, é claro, os limites da honestidade. Mas estes andam muito elásticos ultimamente. Quem arriscará passar por ignorante, desafiando a legitimidade de uma citação? Basta que elas soem autênticas.

Veja se consegue identificar quais as citações falsas e quais as verdadeiras nos exemplos que seguem:

"Après moi, le déluge!" [Depois de mim, o dilúvio!]

(Frase dita por aquele garoto que meteu o dedo no dique, na Holanda, tentando convencer as pessoas que atravessavam rapidamente a rua para a outra calçada de que havia perigo mesmo e que ele não estava apenas urinando contra a parede.)

"O alemão é a única língua do mundo que tem uma palavra de dezessete sílabas que quer dizer *silêncio."*

(Boswell, citando Samuel Johnson.)

"O homem não é o único animal na natureza que prefere fazer amor no escuro, mas é o único que acende um cigarro depois."

(Zsa Zsa Gabar, citando Van Johnson.)

"*L'arrondissement, c'est moi!*" [O bairro é meu!]

(O rei Luís XIV, antes de ficar mais ambicioso.)

"Não tenho nada a lhes oferecer a não ser sangue, suor e lágrimas. Preciso reestocar a minha adega..."

(Winston Churchill)

"Se queres a paz, dispara primeiro."

(Anônimo)

"Os olhos são as janelas da alma, e o nariz é a chaminé."

(T.S. Eliot de porre.)

Todas são verdadeiras.

Para estar mais seguro, faça o seguinte: invente a citação e invente o seu autor. Escreva, por exemplo: "Na imortal frase de Raspail de Grunyêre, na famosa carta que escreveu da prisão para Dindonet, '*les oiseaux*' etc.". O *etc.* dá a entender que todos, claro, conhecem a frase à que você se refere e seria maçante repeti-la.

Mas a melhor citação é a epígrafe. Aquela frase de um autor famoso que a gente usa para abertura de um livro. Já pensei em fazer uma variação. Em vez de escolher uma citação de, digamos, *Guerra e paz* como epígrafe de um romance meu, publicar todo o *Guerra e paz* e botar uma frase minha no fim. As possibilidades comerciais, inclusive, melhorariam!

RI, GERVÁSIO

O produtor sacudiu a cabeça.

— Não estou gostando das risadas...

— As risadas?

O assistente esperava tudo menos aquilo. Esperava que o produtor criticasse os quadros do show, o texto, as interpretações, a qualidade da gravação — mas as risadas?

— É. As risadas. Não sei. Estão diferentes.

— Mas é a mesma claque de sempre.

— Tem certeza de que não mudou ninguém?

O assistente foi se informar com o encarregado da claque. Era a mesma de sempre. Gente aposentada atrás de um dinheiro extra. Alguns eram veteranos de rádio. Outros tinham começado com a televisão. Ganhavam pouco, mas se divertiam.

— Só quem saiu foi o Gervásio.

— E o Gervásio fazia alguma diferença?

— Bem. Tinha uma risada boa...

— Tinha uma grande risada — opinou Amelita, a mais antiga da claque. — Uma das melhores que já ouviu.

Amelita, segundo a lenda, nascera na fileira de trás de um auditório de rádio. Já nascera aplaudindo. Era a alma da claque. E agora estava dizendo que Gervásio era dos grandes.

— Ele ria por baixo — explicou. — Uma boa claque ri em três níveis. O baixo, o médio e o alto. O riso baixo é o mais importante. É o que sustenta os outros dois. Sem um bom baixo a claque perde consistência. Perde ritmo.

— Por que foi que o Gervásio saiu? — quis saber o assistente.

— Acho que estava com problemas em casa.

— Traga ele de volta — ordenou o assistente ao encarregado da claque.

Gervásio não estava com problemas em casa porque não tinha mais casa. Fora destruída num incêndio, junto com todos os seus bens, inclusive a mãe de oitenta anos. A mulher de Gervásio fugira do incêndio para a casa do vizinho, pelo qual desenvolvera uma paixão súbita e ardente que nem os bombeiros — mesmo que tivessem chegado a tempo — conseguiriam apagar. A filha mais velha de Gervásio casara com um estivador inativo que, para não perder a forma, jogava a filha mais velha de Gervásio como um fardo para cima do telhado e a pegava na volta, às vezes. O filho de Gervásio se envolvera com traficantes de tóxico e estava jurado de morte por três delegacias. O encarregado da claque comentou que o Gervásio parecia triste.

— Ânimo, rapaz. O teu valor foi reconhecido. A produção quer você de volta no programa de qualquer jeito.

Gervásio estava com o olhar parado. Não dizia nada.

— A claque decaiu muito sem você. Você precisa voltar, Gervásio.

Gervásio parecia não estar ouvindo.

— Você precisa voltar a rir, Gervásio.

Gervásio começou a chorar.

— Ninguém é indispensável — sentenciou o assistente. E mandou contratarem um substituto para o Gervásio. Alguém da claque recomendou um parente.

— Garantido? — perguntou o assistente.

— Garantido. Ri à toa.

O novo contratado foi um fracasso, no entanto. Ria na hora errada. Dava gargalhadas quando era hora de risinho. Risinho quando era hora de silêncio. E não era baixo. Amelita, a alma da claque, resmungou que como o Gervásio não encontrariam ninguém. Gervásio era um profissional. Sem ele a claque não era a mesma. As risadas não soavam sinceras. Não havia mais espontaneidade. Uma tristeza.

Dessa vez, foi o assistente em pessoa. Encontrou Gervásio no enterro do genro. A filha mais velha de Gervásio caíra do telhado na cabeça do marido, quebrando o seu pescoço. Fora um acidente, mas a família do marido prometera vingança. Queria uma indenização. Gervásio não tinha dinheiro. O que escapara do incêndio a mulher levara. E ainda por cima o filho foragido de Gervásio aparecera no enterro, arriscando-se a ser baleado de três lados. O assistente teve dificuldades em prender a atenção de Gervásio, que olhava nervosamente para todos os lados.

— Você tem que voltar, Gervásio.

Surgiu uma briga. Quem pagaria o enterro? A família do morto insistia que a responsabilidade era do Gervásio.

— Você é indispensável, Gervásio — insistiu o assistente.

Vieram avisar que a polícia estava chegando para prender o filho do Gervásio.

— Sem a sua risada, a claque não é mais a mesma. Volta, Gervásio.

A família do morto tentou agredir a filha do Gervásio. O filho de Gervásio tentou desalojar o corpo do cunhado para poder se esconder da polícia dentro do caixão, o que só aumentou a revolta.

— O que você sabe fazer é rir, Gervásio. Volta.

Foram todos parar na delegacia. Sentado num banco, Gervásio escondia o rosto com as mãos. Ao seu lado, o assistente insistia.

— Volta. Gervásio. Aquilo lá, sem você, é uma tristeza!

Combinaram que, por um aumento de salário, Gervásio voltaria para a claque. Precisava de dinheiro para sustentar a filha viúva, subornar os policiais que caçavam o seu filho e pagar o enterro do genro. Mas a mulher o esperava na saída do estúdio e levava todo o dinheiro. Gervásio pedia mais dinheiro. A verba para a claque era limitada, mas o Gervásio valia tudo que pedisse. Segundo a Amelia, estava rindo como nunca na sua carreira. Um riso aberto, contagiante. O produtor estava satisfeito.

— Isso é que é risada!

E o Gervásio ria, ria de bater pé. Um profissional, murmurava a Amelita. Um verdadeiro profissional.

O ROBÔ

Um dia ele chegou em casa com um robô. O robô era baixinho, redondo e andava sobre rodinhas. A mulher achou engraçado, mas sentiu uma ponta de apreensão. Para que um robô em casa?

— Olhe só — disse o marido. E, dirigindo-se ao robô, disse:

— Seis!

O robô foi até o quarto do casal e de lá trouxe os chinelos do homem e a sua suéter de ficar em casa. Voltou para o quarto levando o paletó, a gravata e os sapatos.

— Mas isso é fantástico — disse a mulher, sem muita animação.

— Ele está programado para só obedecer à minha voz — explicou o homem.

Estava tão entusiasmado com o seu robô que a mulher decidiu não lembrar a ele que naquele dia eles faziam dez anos de casados. Ele continuou:

— É um código. De acordo com o número que eu digo, ele sabe exatamente o que fazer.

— Sim.

— Os números vão de um a cem e obedecem a uma sequência

que corresponde, mais ou menos, à importância relativa das tarefas. Entendeu?

— Entendi.

Se ela não tivesse dito nada, seria a mesma coisa, porque o homem não a escutava. Olhava para o robô como um dia, dez anos antes, olhara para ela. Pelo menos ela ficou sabendo que, numa escala de um a cem, os chinelos que lhe trazia todos os dias quando ele entrava em casa correspondiam a seis.

Depois do jantar, quando ela começou a limpar a mesa, ele a deteve com um gesto. Disse para o robô:

— Sessenta e um!

O robô rapidamente tirou os pratos da mesa, botou tudo dentro da máquina de lavar pratos, ligou a máquina e voltou para aguardar novas instruções.

Mais tarde, quando o marido disse: "Que tal um joguinho de cartas?", ela levantou-se, alegremente, para pegar o baralho. Logo descobriu que o marido falava com o robô.

— Dezoito!

O robô correu na frente dela, pegou o baralho, pegou o bloco de papel e um lápis, arrumou a mesa para o jogo e ficou esperando. Ele sentou-se para jogar cartas com o robô. Ela perguntou:

— Posso jogar também?

— Este jogo é só para dois — disse o marido. — Você pode ir se deitar, se quiser.

— Você não vai querer mais nada?

— O que eu precisar o robô pega.

Do quarto, ela ficou ouvindo o marido dizer, a intervalos, "vinte e seis" ou "trinta e um", e o ruído do robô, na cozinha, pegando cerveja, salgadinhos etc.

Tomou uma decisão.

Levantou-se e foi até a sala. De camisola.

— Querido...

— Você não estava dormindo?

— Não.

— Nós fizemos muito barulho?

— Não.

— Então o que é?

— Tem uma coisa que eu faço que esse robô não faz.

— O quê?

— Uma coisa de que você gosta muito.

— Você quer dizer...

— Arrã — sorriu ela.

— É o que você pensa — disse ele. E, para o robô: — Um!

Aí o robô correu até a cozinha e começou a reunir os ingredientes para fazer uma mousse de chocolate.

Grupos feministas a apoiaram ruidosamente durante o julgamento, com toda a razão.

CONTEÚDO DOS BOLSOS

Lista completa do conteúdo dos bolsos de J. C. A. no dia 12 de abril de 1943, quando sua mãe tirou sua roupa à força e o arrastou para a banheira, pois ele não tomava banho há dez dias e já tinha havido reclamações da vizinhança:

Um rolo de barbante.

Outro rolo de barbante.

Três tampinhas de garrafa.

Um estilingue.

Um sapo morto.

Doze estampas do sabonete Eucalol.

Dezessete figurinhas de bala.

Quatro balas embrulhadas.

Uma bala desembrulhada, colada no forro do bolso.

Uma bola de meleca do nariz, que ele estava juntando para fins ignorados.

Outro rolo de barbante.

Duas pedras.

Terra.

Um tostão para dar sorte.

Dois cascudos, vivos.

No dia 17 de julho de 1951, aproveitando que J. C. A. estava, como sempre, trancado no banheiro, seu pai deu uma busca nas suas calças. Encontrou:

Um preservativo.

Dois cigarros Belmonte amassados.

Uma caixinha de fósforos Beija-Flor.

Um livrinho de desenhos, impresso clandestinamente, intitulado: O *que Joãozinho e Mariazinha foram fazer no mato.*

Um papel dobrado com um poema pornográfico sobre o Dutra, o brigadeiro e as cuecas do Fiuza.

Um papel dobrado com um bilhete: "Sabe o que é que a Magali tem no meio das pernas? Não? Eu sei. Os joelhos!". Assinado "Beto Mãozinha".

Um recorte de revista com a letra de *Sabrá Dios.*

Uma carteirinha de estudante com a idade falsificada para poder entrar em filme até dezoito.

Um chaveiro com o escudo do Botafogo.

Uma carteira vazia.

Um tostão.

Um rolo de barbante.

Sete anos depois, aceitando o desafio de uma namorada, para provar que não carregava nenhum vestígio de outra na sua apaixonada pessoa, J. C. A. esvaziou os bolsos na mesa em frente ao sofá na cama da namorada enquanto a família dela se distraía ouvindo um jogo do Brasil no Campeonato Mundial da Suécia. O conteúdo:

Um rolo de barbante, pequeno.

Fio dental.

Um pente.

Estojo de tesourinha e lixa para as unhas.

Uma cigarreira com quatro cigarros Hollywood.

Um isqueiro.

Chaveiro com uma fotografia plastificada da namorada.

Uma caderneta de notas com uma lapiseira presa ao lado.

Um preservativo, que a namorada fingiu não saber para o que servia.

Carteira de identidade.

Uma carteira com mil cruzeiros.

Um tostão. (O mesmo.)

Quatro anos depois, enquanto J. C. A. roncava, tendo chegado de uma suposta viagem a São Paulo, logo no Carnaval, de madrugada, sua mulher revistou, nervosamente, seus bolsos. Encontrou o seguinte, conforme relato que ela mesma fez a J. C. A., pedindo explicações, tendo ele respondido que a explicação era óbvia, aquele casaco não era o dele, não convencendo:

Um bilhete com os dizeres: "Gafieira do Paulão, entrada com direito a uma cerveja grátis, número 221, será sorteado um fino brinde durante o show".

Um envelope de fósforo da boate Erotic Days.

Confete.

Lenços de papel com manchas de batom.

Três bolachas de chope. Uma com a inscrição: "Para o meu gatão da Marilu".

Mais confete.

Um apito.

Cílios postiços.

Um reco-reco.

Uma carteira de dinheiro vazia.

Talão de cheques.

Cédula de identidade.

Um barbante.

Um tostão.

Mais confete.

Uma carteira de Continental com dois cigarros.

Um isqueiro.

Um guardanapo de papel com a impressão de uma boca em vermelho, assinado embaixo "Rudimar".

No dia 24 de julho de 1964, um ladrão assaltou J. C. A. e mandou que ele esvaziasse os bolsos na calçada. O resultado:

Uma carteira sem dinheiro, mas com cartão de crédito.

Um recorte do *Correio da Manhã* com uma crônica do Carlos Heitor Cony.

Cédula de identidade.

Talão de cheques.

Uma agenda.

Um pente.

Uma chupeta, do filho, que botara no bolso por distração.

Pastilhas de hortelã.

Remédio para deixar de fumar.

Uma carteira de Minister com dois cigarros.

Isqueiro.

Fósforo *Bem-te-vi*.

Aviso de cobrança judicial de um título.

Fichas para telefone.

Um tostão.

Dezesseis anos depois, a enfermeira encarregada da roupa do paciente J. C. A., que entrara inconsciente no hospital e foi direito para a UTI, catalogou o conteúdo dos seus bolsos:

Uma caixinha de Valium.

Um volante da Loteria Esportiva com oito duplos.

Uma carteira de Charm vazia.

Um isqueiro.

Remédio para pressão alta.

Remédio para ácido úrico.

Licença para porte de arma.

Três cartões de crédito.

Carteira de dinheiro com dois mil cruzeiros e, dobrada, no fundo, uma fotografia da Jaqueline Bisset recortada de uma revista.

Duas contas vencidas.

Chaveiro.

Cédula de identidade.

CPF.

Um elástico.

Nenhum tostão.

O PODER E A TROÇA

Há vários casos de reis que ficaram bobos, mas não há notícia de uma só corte onde o bobo chegasse a rei. É a sua inaptidão para o poder que garante a impunidade do bobo. Quanto mais forte o rei, mais irreverente o bobo. E há uma sutil cumplicidade entre o poder e a troça. Sempre desconfiei das razões de César para ter a seu lado o infeliz cujo único encargo na vida era cochichar ao ouvido do imperador, nos seus momentos de glória, "Não esqueças, és mortal". Formidável é o reverso do arranjo. Nas suas piores depressões, César tinha este consolo insuperável: pior do que aquele imbecil ao pé de seu ouvido ele nunca seria.

Quanto mais forte o poder, mais impune o bobo. Num sistema que não teme o ridículo o bobo é o homem mais livre e mais inconsequente da corte. Seu único risco ocupacional é o rei não entender a piada. A consciência do império, como o tal que frequentava a orelha de César, é um bobo que subiu na vida. Com pouco mais tempo de serviço chegará a filósofo, um pouquinho mais e se aposenta como oráculo. Cada vez mais longe do poder, portanto. Não foram os sábios epigramas de Hamlet que derrubaram o rei. Que eu me lembre, foi um florete com a ponta envenenada. O que não é piada. A troça só preocupa o poder bastardo que tem dúvidas sobre a própria legitimidade. O Estado totalitário é uma paródia da monarquia absoluta, e quem denunciar a farsa, denuncia tudo. Nesse caso toda piada tem a ponta envenenada, todo bobo é uma ameaça. O alvo principal da irreverência nunca é o poder, é a reverência em si. Um poder secular que exige respeito religioso está exposto ao ridículo por todos os lados. O rei não está apenas nu, não é nem rei. Não é certo dizer que nenhuma ditadura tem senso de humor. Pelo contrário, têm um senso agudo do ridículo. Entendem todas as piadas. Mil vezes a respeitosa atenção de uma junta de coronéis modernos do que a distraída condescendência das antigas cortes, é o que qualquer bobo lhe dirá, minutos antes de ser fuzilado.

INFORME DO PLANETA AZUL

A primeira sonda pousa sem problemas no chão do misterioso planeta. Todos os seus circuitos funcionam. Acionadas por um sinal eletrônico que atravessa milhões de quilômetros em poucos minutos, suas câmeras começam a fotografar a paisagem em volta e a transmitir as fotos para a base. A expectativa no centro espacial é grande. Durante séculos fez-se a pergunta: haverá vida no Planeta Azul? Agora, aproxima-se o momento da revelação. Nenhum dos outros planetas do sistema deu sinal de vida. O Planeta Azul é a única esperança.

As primeiras fotos são pouco animadoras. Ao redor da sonda tudo é deserto. Pedras, poeira, desolação. O chão é pardacento. O céu às vezes é azul, às vezes esbranquiçado. Não há água, se bem que algumas nuvens, possivelmente de vapor, apareçam ao longe. Nenhum vestígio de vida. Os cientistas estão decepcionados. Mas a missão ainda não terminou.

A sonda analisa o ar e a terra do Planeta Azul. Faz medições de temperatura, umidade e densidade atmosféricas, e transmite todos os dados para a base, onde eles são cuidadosamente estudados. Não há mais dúvidas. Nenhum organismo conseguiria sobreviver naquele inferno. Resignados, os técnicos voltam sua atenção para a segunda sonda, que se prepara para pousar a pouca distância da primeira. Mas não têm mais ilusões. Não há vida possível no Planeta Azul.

Estão de tal maneira absorvidos em teleguiar o pouso da segunda sonda que se esquecem de olhar as fotos que a primeira continua a mandar a obedientes intervalos. E perdem a foto de uma família de retirantes que passa a poucos metros da sonda para olhar aquele traste da peste que mais parece um gafanhoto grande e continua seu silencioso caminho em direção à Rendição do Mato, onde pegarão o caminho para Santa Desistência, de onde parte o trem para São Paulo.

A segunda sonda pousa, é claro, numa cobertura da avenida Vieira Souto, em Ipanema. Antes do meio-dia, de modo que ninguém nota a sua chegada. Até que seja descoberta pela empregada que limpa os destroços da festa na noite anterior, e que distraidamente a desmonta e guarda dentro de um armário junto com guarda-sóis furados, velhas pranchas de surfe: chapéus em desuso e metade de uma bicicleta, a sonda consegue tirar várias fotografias dos arredores. Fotografa a avenida, o Castelinho, as coberturas vizinhas, a praia... Os técnicos do centro espacial dão pulos de entusiasmo. Descoberta a vida no Planeta Azul. Vida, nada. Vidão!

A água existe e é verde e espumosa e brilha sob o Sol. As habitações no Planeta Azul são enormes e — fantástico! — todas têm piscina no teto. Veículos automotores andam em alta velocidade sobre as faixas pretas que separam as habitações da praia e, a julgar pela sua quantidade e potência, usam um combustível inesgotável e barato. Espalhados pela cobertura onde está pousada, a sonda localiza, fotografa, recolhe e analisa receptáculos translúcidos contendo restos de um líquido âmbar que constitui, obviamente, a alimentação dos azulanos. A análise química do material deixa os técnicos intrigados, no entanto. Não tem nenhum valor nutritivo. Que estranhos seres não serão esses que conseguem construir uma civilização tão sofisticada alimentando-se da amarga mistura de álcool e corante? É feita no Paraguai. Mas isto os técnicos não podem saber. Outros receptáculos, cheios de cinzas e restos chamuscados de papel branco e marrom, também intrigam os cientistas. Na certa vestígios de algum ritual religioso.

Sobre uma mesa a sonda encontra um pequeno objeto, roliço, que — sempre guiada pelos técnicos — ela pega na sua mão mecânica e examina minuciosamente. De repente o objeto expele um pequeno jato de fogo. A conclusão dos cientistas é uma só. Os habitantes do Planeta Azul são seres pacíficos que não precisaram desenvolver sua tecnologia de guerra. Aquele ridículo lança-chamas deve ser a arma mais avançada que têm. A mão mecânica da sonda recoloca o isqueiro sobre a mesa.

Mas aproxima-se o grande momento. Obedecendo a uma ordem da base, a sonda dirige a lente telescópica de uma das suas câmeras para a praia, onde se movimentam diversos organismos vivos. Finalmente os cientistas vão ver de perto um habitante de outro planeta. A câmera fixa numa figura que acaba de sair da água e se encaminha para a sua esteira sobre a areia. Tem dezessete anos e está de tanga.

Os técnicos do centro espacial não podem conter exclamações de horror e repulsa. É pior do que tudo jamais imaginado pelos autores de ficção científica. Os seres do Planeta Azul caminham sobre dois compridos caules que dobram na metade e sustentam um tronco com uma depressão no meio e duas grotescas saliências mais em cima, mal cobertas por adesivos minúsculos.

Do tronco saem outros dois membros dobradiços, menores do que os inferiores mas não menos feios, para os lados, e um caule mais grosso e curto para cima. Sobre esse caule equilibra-se uma espécie de bola da qual brotam cabelos. Na frente da bola, dois orifícios líquidos e entre eles um apêndice, embaixo do qual — os cientistas se esforçam para não desviar os olhos — há outra abertura, carnuda e rosada.

Muitos deles não dormirão aquela noite, lembrando-se da nauseante criatura.

CRÉDITOS DOS TEXTOS
(na ordem em que aparecem no livro)

Pá, pá, pá | publicado originalmente em *A velhinha de Taubaté* (L&PM, 1983) e republicado em *Comédias da vida privada* (L&PM, 1994) e *Comédias para se ler na escola* (Objetiva, 2001).

Og e Mog | publicado originalmente em O *rei do rock* (Globo, 1978).

Futebol de rua | publicado originalmente em O *rei do rock* (Globo, 1978).

Peça infantil | publicado originalmente em *A velhinha de Taubaté* (L&PM, 1983) e republicado em O *nariz e outras crônicas* (Ática, 2009).

Do livro de anotações do dr. Stein | publicado originalmente em O *rei do rock* (Globo, 1978).

O megalo e o paranoico | publicado originalmente em O *rei do rock* (Globo, 1978).

Critério | publicado originalmente em *Peças íntimas* (L&PM, 1990).

Ishimura | publicado originalmente em O *rei do rock* (Globo, 1978).

Aptidão | publicado originalmente em O *popular* (L&PM, 1984).

A espada | publicado originalmente em *Comédias da vida privada* (L&PM, 1994) e republicado em *Comédias para se ler na escola* (Objetiva, 2001).

Ela | publicado originalmente em *Ed Mort e outras histórias* (L&PM, 1979).

O monstro | publicado originalmente em *A versão dos afogados: novas comédias da vida pública* (L&PM, 1995).

A bola | publicado originalmente em *Comédias da vida privada* (L&PM, 1994) e republicado em *Comédias para se ler na escola* (Objetiva, 2001).

Na fila | publicado originalmente em *O popular* (L&PM, 1984).

Terror | publicado originalmente em *Ed Mort e outras histórias* (L&PM, 1979).

Sfot poc | publicado originalmente em *O analista de Bagé* (L&PM, 1999).

Solidários na porta | publicado originalmente em *O suicida e o computador* (L&PM, 1992).

A volta (I) | publicado originalmente em *Comédias da vida privada* (L&PM, 1994) e republicado em *Festa de criança* (Ática, 2000).

A volta (II) | publicado originalmente em *Comédias da vida privada* (L&PM, 1994).

Metido | publicado originalmente em *Zoeira* (L&PM, 1987).

Meias | publicado originalmente em *O suicida e o computador* (L&PM, 1992).

A pobre Bel | publicado originalmente em *A mãe do Freud* (L&PM, 1999).

Desesperado, o poeta | publicado originalmente em *O rei do rock* (Globo, 1978).

A conversa | publicado originalmente em *Zoeira* (L&PM, 1987).

O estranho procedimento de dona Dolores | publicado originalmente em *A velhinha de Taubaté* (L&PM, 1983).

Minhas férias | publicado originalmente em O *Santinho* (Objetiva, 2002).

O outro e outros | publicado originalmente em *Outras do analista de Bagé* (L&PM, 1982).

O que ela mal sabia | publicado originalmente em *Zoeira* (L&PM, 1987).

Aparece lá em casa | última parte de "Coquetel", publicado na íntegra em *Novas comédias da vida privada* (L&PM, 1996).

Alívio | publicado originalmente em *A mãe do Freud* (L&PM, 1999).

O analista de Bagé | publicado originalmente em O *analista de Bagé* (L&PM, 1982).

Ser gaúcho | publicado originalmente em *Pai não entende nada* (L&PM, 1997).

Pneu furado | publicado originalmente em *Pai não entende nada* (L&PM, 1997) e republicado em *Festa de criança* (Ática, 2000).

O lançamento do Torre de Babel | publicado originalmente em O *rei do rock* (Globo, 1978).

O casamento | publicado originalmente em O *analista de Bagé* (L&PM, 1982) e republicado em O *gigolô das palavras* (L&PM, 1982).

Paixão própria | publicado originalmente em *A velhinha de Taubaté* (L&PM, 1983) e republicado em *Novas comédias da vida privada* (L&PM, 1996).

Tecnologia | publicado originalmente em *Pai não entende nada* (L&PM, 1997).

Citações | publicado originalmente em O *rei do rock* (Globo, 1978).

Ri, Gervásio | publicado originalmente em O *gigolô das palavras* (L&PM, 1982) e republicado em *Sexo na cabeça* (Objetiva, 2002)

O robô | publicado originalmente em *A mãe do Freud* (L&PM, 1999) e republicado em *Novas comédias da vida privada* (L&PM, 1996).

Conteúdo dos bolsos | publicado originalmente em *Outras do analista de Bagé* (L&PM, 1982).

O poder e a troça | publicado originalmente em *A grande mulher nua* (L&PM, 1975).

Informe do Planeta Azul | publicado originalmente em O *rei do rock* (Globo, 1978).

1ª EDIÇÃO [2018] 2 reimpressões

ESTA OBRA FOI COMPOSTA POR ACOMTE EM BERLING E IMPRESSA PELA GRÁFICA BARTIRA EM OFSETE SOBRE PAPEL PÓLEN SOFT DA SUZANO S.A. PARA A EDITORA SCHWARCZ EM AGOSTO DE 2021

A marca FSC® é a garantia de que a madeira utilizada na fabricação do papel deste livro provém de florestas que foram gerenciadas de maneira ambientalmente correta, socialmente justa e economicamente viável, além de outras fontes de origem controlada.